6band
윤동완밴드

박경훈

시에게 바치는 글

# 끼인 세대 랩소디

지은이 육중완밴드
펴낸이 임상진
펴낸곳 (주)넥서스

초판 1쇄 발행 2022년 12월 5일
초판 2쇄 발행 2022년 12월 10일

출판신고 1992년 4월 3일 제311-2002-2호
10880 경기도 파주시 지목로 5 (신촌동)
Tel (02)330-5500 Fax (02)330-5555

ISBN 979-11-6683-417-2  03810

www.nexusbook.com

# 끼인 세대 랩소디

육중완밴드

넥서스BOOKS

이 책에는 굳어 버린 머리를 쥐어짜 가며 기억한 코 흘릴 적 이야기와 시리고 아팠던 청춘, 멈추지 않는 지금, 그리고 다시 뛸 내일에 대한 이야기가 들어 있다.

누군가에게는 한 번쯤 털어놓은 혹은 남들에게는 한 번도 하지 못한 이야기들을 책으로 담아내면서 때로는 위로를, 때로는 용기를 얻었다.

40대에 서 있는 보잘것없는 두 아저씨의 도전을 보면서 많은 분들이 공감하고 즐거웠으면 좋겠다. 이 책을 읽는 모든 분들이 행복하기를 바란다.

2022년 가을

육중완, 강준우

 김광규

어찌 보면 유치한 초등학생 일기장 같기도 하지만 진심을 포장하지 않는 무모한 뚝심이야말로 육중완밴드의 매력이 아닐까 생각해 봅니다.
육밴 아저씨들 파이팅!! 다음은 내 차례!! (ㅎㅎ)
옥탑방 옥상에서 함께 닭똥 치우던 형이 응원한다!!


소유진

아침에 조깅을 하다 육중완 오빠의 말이 문득 떠올랐다.
"넌 뭘 그렇게 열심히 걷니. 가끔은 걷다가 누워서 하늘을 봐."
길가에 있는 벤치에 잠시 누워 보았다. 그동안 지나쳤던 나무 냄새, 새소리, 구름……. 평범했던 아침이 내 인생의 한 컷으로 특별하게 남게 되었다.
이 책에는 하루의 온전한 냄새를 맡으며 살아가는 저자의 삶이 생기 넘치게 담겨 있다. 소박하고 예쁜 말들이 가득 담겨 있는 이 책을 곁에 두고 지내면 내게도 보송하게 잘 마른 빨래의 착한 향기가 옮을 것만 같다.

육중완이 이토록 자신의 생각을 담백하고 사려 깊게 표현할
줄 아는 사람이었다니…….
가볍고 쉬운 글로 묵직한 공감과 응원을 받는 이 기분이 이
상하게 열 받는다. 마지막 책장을 덮는 이 순간까지도 나는
대필을 의심하고 있다.

십 년 전쯤 라디오에서, 제사상에나 오를 법한 진분홍색 슈
트를 입은 중완이와 준우를 만났다. 촌스러운 외모로 불렀던
노래는 상송 느낌의 〈봉숙이〉. 그들의 매력에 빠진 건 그날
부터였다.
햇볕에 바싹하게 마른, 뽀송뽀송한 수건이 좋다는 준우!
옥탑방이 하늘과 가까워서, 별이 잘 보여 좋았다는 중완이!
그들이 들려주는 이야기를 읽다 보니, 나도 모르게 입꼬리가
올라간다.
P.S 얘네 생각보다 잘생겼어요. ^^

# 차례

# 1장

## 라떼는 깔이야

# 부산직할시 사하구 감천2동

× 중완

산자락을 따라 따닥따닥 붙어 있는 집들. 좁은 골목길이 미로처럼 연결된 동네. 벽돌에 시멘트를 발라 벽을 세우고 알록달록 페인트를 칠해 완성한 비슷비슷한 집들이 계단식으로 늘어서 있는 그곳. 지금은 부산에 가면 꼭 들러야 할 명소로 유명해진 감천문화마을 중턱, 나는 아직도 부모님이 살고 계신 그 파란 지붕 집에서 태어났다.

어린 시절 주위 어른들께 들었던 얘기로 이 동네는 한국전쟁 때 피난 내려온 사람들이 모여 판잣집을 짓고 살던 동네였다고 한다.

우리 부모님만 봐도 고향이 충청도고, 옆집은 강원도, 뒷집은 전라도 그리고 이북에서 내려온 분도 계셨다.

오리지널 부산 사람은 보기 힘들고 여러 지방 사람들이 섞여 살아서인지 감천2동 사람들은 특유의 말투를 가지고 있다. 예를 들어 내가 쓰는 서울 말투 같은? (ㅎㅎㅎ) 국민학생 (그래, 난 국민학교를 나왔다.) 때까지는 동네 친구들과 학교를 다녀서 몰랐는데 중학교에 들어가면서 내 말투가 부산 말투가 아니라는 걸 알게 됐다. 반 친구들은 내 말투가 신기한지 "너 강원도에서 전학 왔냐?"며 놀리기도 했다.

한번은 20대 때 남포동 작은 포장마차에서 친구들과 술을 마시고 있는데 옆 테이블에서 친숙한 말투가 들렸다. 그래서 쳐다봤더니 그쪽에서도 날 보며 "감천?"이라고 물어서 고개를 끄덕이며 웃었던 적이 있다. 이런 이유로 나는 부산에서 태어났지만 부산 사투리가 어색한 부산 사람이다.


돌아보면 나처럼 그 시절의 감천2동에서 유년기를 보낸 친구들이 건강한 성인으로 자란 것이 대견하다는 생각이 든다. 말 그대로 못살고 험한 동네였다. 골목골목 무서운 형들이 쪼그려 앉아 담배를 피우고 돈을 뜯어내기 일수였다. 평소에는 뜯길 돈도 없었지만 명절 직후나 용돈을 받은 날에는 돈을 뜯기지 않으려 골목이 아닌 산길을 돌아 등교했었다.

지금도 한번씩 부모님을 뵈러 고향에 내려가면, 국민학생 꼬마가 아저씨가 되는 동안 혼자만 그대로인 감천2동이 정답게 맞아 준다. 서울에서 흔히 볼 수 있는 유명 프랜차이즈 편의점이나 치킨 집, 햄버거 가게는 찾아볼 수 없다. 그저 오래된 구멍가게 몇 곳만이 변함없이 자리를 지키고 있다.

그래서일까? 레트로가 유행인 요즘, 좁은 골목길, 낡은 계단, 알록달록한 지붕을 보려고 찾아온 외지 사람들이 저마다의 새로운 기억으로 감천2동을 사진에 담아 간다. 지금은 관광객들이 더 많은 감천2동. 참 아이러니한 동네다.

# 할매, 라면 씹어도

× 준우

나는 어릴 때부터 생라면을 좋아했다. 빠다코코낫, 아폴로, 나나콘 등 맛있는 과자가 많았지만 그걸 다 제쳐 두고 유독 생라면을 좋아했던 것 같다. 생라면을 씹을 때 나는 오독오독 소리와 씹으면 씹을수록 올라오는 고소하고 들쩍지근한 단맛에 수프도 뿌리지 않은 생라면 한 봉지를 게 눈 감추듯 먹어 치웠다.

면을 다 먹고 나면 후식으로 라면수프를 뜯어 손바닥에 조금 부어서 혀끝으로 낼름낼름 찍어 먹었다. 그렇게 혀에 퍼지는 짠맛을 느끼며 TV에 나오는 만화를 보고 있으면 세상에 그 어떤 것도 부럽지 않았다. 분말수프에는 간혹 건조된 미역 건더기가 들어 있기도 했는데 그걸 먹으면 꼭 라면을 끓여 먹은 것 같아서 별미라도 되는 양 마지막에는 언제나 라면수프를 찍어 먹었다.

그렇게 생라면을 좋아하던 내게 어느 날 위기가 찾아왔다. 유치가 하나하나 빠지면서 더 이상 스스로 생라면을 씹어 먹을 수 없는 상태가 된 것이다. 내 유년기 인생에서 세 손가락 안에 드는 최대의 고비였다. 나는 어떻게 해야 이 위기를 극복할 수 있을까 밤낮으로 고민했다. 찾는 자에게 길이 보인다고 했던가. 나는 너무 기발하고 간단한 방법을 생각해 냈다.

'할머니에게 씹어 달라고 하자. 꼭 내가 씹을 필요는 없잖아?'

이 없으면 잇몸으로 산다는 말이 있듯이 내가 이가 없으면 할머니의 튼튼한 틀니를 빌리면 된다. 그 당시 할머니는 틀니를 끼고 계셨는데 주무실 때면 빼놓고 주무셨다. 매일 밤, 물이 담긴 컵 안에서 촉촉하게 수분 공급을 받으며 반짝이는 틀니를 보면서 나도 한번 껴 보고 싶다는 생각을 했다. 틀니의 위력을 확인할 수 있는 더할 나위 없이 좋은 기회였다.

"할매, 내 생라면 씹어도."

"머라꼬? 라면 씹어 달라꼬?"

"어, 이거 생라면 씹어도."

"니가 씹어 묵으믄 덴다 아이가. 와 할매한테 씹어 달라꼬 하노?"

"내 이빨 다 빠지가 몬 묵는다 아이가. 할매가 빨리 씹어도."

어린 내 눈에 틀니의 힘은 대단해 보였다. 할머니가 생라면을 오독오독 씹어 주시면 나는 그 생라면을 날름 받아 오물오물 먹었다. 그 맛이 어찌나 맛있던지! 나는 그렇게 오래도록 할머니의 무릎을 베고 누워 할머니가 씹어 주시는 생라면을 받아먹었다.

이 시기에 우리 집은 부모님의 이혼으로 엄마가 집안의 가장이었다. 엄마가 나가서 돈을 버는 동안 할머니가 나를 키우셨다. 그때는 유치원도 다니지 않을 때라서 할머니가 어딜 가든 나를 데리고 다니셨는데 지금까지도 기억에 남는 것이 조개를 잡거나 굴을 따러 다닌 일이다.

물 빠진 갯벌에 할머니와 같이 앉아 할머니가 굴을 따시는 동안 나는 옆에서 흙장난을 하며 놀았다. 할머니는 깨끗하고 맛있어 보이는 굴이 있으면 늘 나에게 먼저 주셨다. 굴 껍데기를 칼로 '딱' 하고 갈라서 안에 들어 있는 알맹이를 내 입안으로 소로록 밀어 넣어 주셨는데, 그렇게 먹어 본 굴 맛은 신세계였다.

세상에 이렇게 신선한 맛이 있다는 걸 처음 알았다. 짜장면보다 맛있고 돈가스보다도 맛있었다. 그때의 나에게 돈가스보다 맛있다는 말은 극찬 중에 극찬이었다. 정말 아쉽게도 그때 먹었던 굴보다 맛있는 굴은 아직까지 먹어 본 적이 없다.

그렇게 갯벌에서 한낮을 보내다 해가 지고 집으로 돌아와 누우면 할머니는 나에게 불경을 읽어 달라고 하셨다. 불경을 외우고 싶었지만 글을 모르셨던 할머니는 나에게 하루에 몇 페이지씩 읽어 달라고 하셨다. 그럴 때면 뜻도 모르는 글을 읽기가 너무 귀찮았지만 그래도 꾹 참고 불경을 읽었다. 왜냐하면 불경을 읽어야 할머니가 씹어 주시는 생라면을 얻어먹을 수 있었기 때문이다. 그때의 할머니와 나는 마치 공생관계 같았다.

며칠 전, 생라면을 먹다 그 시절 기억이 떠올라 할머니에게 전화를 걸어서 이것저것 물어 보았다.

"할매, 옛날에 내 업고 댕긴 거 기억나나?"

[그래, 기억나지. 다 커 가꼬 등에 업히가 사람 지나가면 말해 달라꼬 하고.]

"어, 내가 그랬지. 나도 기억난다. 할매, 그라믄 내하고 조개 잡으러 갔던 거는 기억나나?"

[기억나지. 니하고 내하고 맹지(부산 강서구 명지) 뻘에 안 댕긴 데가 없다 아이가.]

"할매, 그라믄 내한테 라면 씹어 준 거는 기억나나?"

[그래, 그것도 다 기억나지. 니 이가 읍으 가꼬 할매한테 라면 씹어 도라꼬 해가 내가 씹어 주믄 니 잘 묵데.]

"할매가 내 다 키았네?"

[그래, 내가 니 키운다꼬 얼마나 고생했는데.]

"할매, 내 키아 주서 고맙데이."

[아이고, 내가 니 키아 준 거 기억나나?]

"어, 다 기억난다. 할매가 다 키아 줏다 아이가."

[그래가 이래 다 커가 고맙다꼬 하나?]

"어, 할매 고맙데이. 너무 고맙데이."

# 동네 바보

× 중완

내 인생 최초의 기억은 다섯 살에서 시작한다. 이미 그때부터 내 왼쪽 귀에는 선천성 이루공으로 인해 계란만 한 혹이 있었고, 팔과 손등에는 좁쌀만 한 사마귀가 수없이 나 있었다. 게다가 축 농증도 있어 늘 노란 코를 흘리고 다녔던 나는 겉보기에도 그냥 딱 동네 바보였다.

그 당시 나의 별명은 '사마귀' 혹은 '코쟁이'였다. 양쪽 팔 소매는 코 닦는 용도여서 늘 노란 코로 젖어 있었다. 국민학생 시절, 수업 중에 선생님이 나를 불러 앞으로 나가면 "흥~" 하라며 직접 코를 닦아 주셨던 기억이 있다. 너무 고맙지 아니 한가! 지금도 그때를 생각하면 흐르던 코를 닦아 준 선생님의 마음에 감사하다.

국민학교 4학년 때쯤인가 같은 반 친구가 더럽다고 놀리며 자꾸 나를 괴롭혔다. 바로 내 팔과 손등에 난 사마귀 때문이었다. 친구들 사이에 사마귀가 옮는 것 아니냐는 소문이 돌았다. 그래서 나는 여름에도 긴팔 티셔츠를 입고 다녔다.

학교는 가고 싶은데 사마귀는 안 없어지고 국민학교 4학년 꼬마는 혼자 끙끙 앓으며 고민에 빠졌다. 그리고 그날부터 밤이 되면 화장실에 들어가 손톱깎이로 사마귀를 하나하나 떼어 내기 시작했다. 피도 나고 너무 아팠지만 친구들에게 놀림을 받는 것보다 나았다. 매일 떼어 내도 줄어드는 것보다 다시 자라나는 것들이 많아서 소용 없었지만 나는 멈추지 않았다.

그렇게 혼자 한 달 정도를 부모님께 말씀도 드리지 않고 가족들이 잠든 저녁마다 사마귀를 하나씩 떼어 냈다. 그러던 어느 날 문득 '전쟁 중에도 대장만 무찌르면 승리하잖아'라는 생각이 들었다. 작은 것을 하나씩 떼어 내던 것을 멈추고 오른쪽 손목에 있는 1원짜리만 한 대장 사마귀를 공략했다.

목욕탕에서 때를 밀 때도 사마귀를 얼마나 세게 문질렀는지 살짝 스치기만 해도 따가웠는데 손톱깎이로 살을 떼어 내는 건 정말 너무 쓰리고 아팠다. 그때의 내 마음은 무조건이었다. 대장 사마귀를 무조건 오늘 밤에 해치운다! 이를 악 물고 대장 사마귀와의 사투를 벌인 나는 밤새 아파 울면서도 결국 대장 사마귀를 해치우고 잠이 들었다.

그렇게 대장 사마귀를 없앤 지 일주일쯤 됐을 때 기적이 일어나기 시작했다. 양팔에 가득했던 사마귀가 점점 줄어드는 것이었다. 셀 수 없이 많던 사마귀가 셀 수 있을 정도로 줄어들더니 한 달쯤 됐을 땐 거짓말처럼 다 사라지고 없었다.

부모님은 아직도 저절로 사마귀가 없어진 줄 알고 계신다. 괜히 얘기했다가 어린아이가 얼마나 맘고생을 했을까 하며 마음 아파하실까 아직도 말을 못했다.

대장 사마귀가 있었던 손목에는 아직도 상처가 남아 있다. 그 상처를 한번씩 보면 그때 혼자 끙끙 앓던 국민학교 4학년 중완이가 생각난다. 커서 알게 된 사실인데 친구들 말이 당시에 '동네 바보 육중완'으로 유명했단다. 그래서 니들이 그때 나랑 잘 안 놀아 줬구나……

# 엄마 냄새

× 준우

계절도 기억나지 않는 어릴 적의 일이다. 아주 코흘리개 시절은 아니었고 대충 초등학교 1~2학년이었던 것 같다. 그 당시 나는 부모님의 이혼 후에 엄마와 할머니 그리고 아직 시집가지 않은 이모들과 함께 살았다. 흔하디흔한 이혼 가정처럼 엄마는 일을 하고 할머니는 나를 돌봐 주는 그런 식이었다.

마당에는 오래된 우물이 있고 재래식 화장실에는 귀뚜라미가 가득했지만 지금 생각해 보면 이런 우리 집이 이상하다거나 부족하다고 느낀 적은 없었다. 아마 이모들이 있어서 집이 더 북적거

려 그랬던 것 같기도 하다. 그러던 어느 날 엄마가 나에게 큰집에
가자고 했다.

"준우야, 오늘 큰집에 가자."
"왜?"
"그냥."

엄마는 "그냥."이라고 말했지만 그날의 외출길은 뭔가 평소와는
달랐다. 어린 마음에도 무언가 이상하다는 걸 알 수 있었다. 하지
만 나는 내가 불안해하고 있다는 것을 엄마가 알아챌까 봐 티를
내지 않으려고 노력했다. 그때의 나는 어린아이들은 그런 걸 몰라
야 한다고 생각했던 것 같다. 그래서 어린아이답게 해맑게 웃으며
큰집을 왜 가는지 따위는 전혀 궁금하지 않은 것처럼 행동했다.

큰집에 도착하고 나는 만화를 보여 준다는 큰집 누나들을 따
라 방에 들어가서 TV를 봤다. 거실에서는 큰집 어른들과 엄마가
대화를 나누고 있었다. 나는 만화를 보면서 생각했다. '아마도 엄
마는 내가 만화를 보고 있는 틈을 타서 조용히 큰집을 나갈 거야',
'나는 어린아이이니까 만화에 정신이 팔려서 엄마가 나를 두고 집으
로 가는 것을 몰라야 해', '그러니까 모르는 척하자', '내가 엄마가

나가는 걸 눈치채면 엄마가 더 힘들 거야'.

그때 철커덕 하고 현관문 닫히는 소리가 들렸다. 나는 반사적으로 현관으로 뛰어갔다. 그리고 엄마를 부르며 문을 여는 시늉을 했다. 그러자 큰엄마와 누나들이 달려와 나를 잡았다. 나는 더욱더 극적으로 울며불며 엄마를 찾았다.

'이 장면이 오늘의 하이라이트니까. 이 장면을 잘 완성해야 내가 몰랐다는 걸 모두에게 보여 줄 수 있어.'

나는 영화에서 봤던 엄마와 헤어지기 싫어하는 아이의 모습을 떠올리며 계속 눈물을 흘렸다. 그런데 이상한 건 슬프다고 생각하지 않았는데 눈물이 나왔다. 나는 단지 슬픈 척을 했을 뿐인데 눈물이 멈추지 않았다. 그렇게 한바탕 멋진 장면을 만들고 바닥에 주저앉아 코를 훌쩍거리며 한동안 현관을 바라보았다. 그렇게 나의 큰집 생활이 시작되었다.

큰집은 다행히도 형편이 좋았다. 화장실도 수세식이었고 웃풍도 없었다. 살기는 좋았지만 마음은 불편했다. 큰집 가족들은 나에게 잘해 줬지만 채울 수 없는 무언가가 있었다. 나는 엄마가 필요했지 큰엄마가 필요했던 건 아니었다. 누나들이 큰엄마에게 엄마라고 부르며 조잘대는 소리는 나를 슬프게 만들었다. 나도 엄마가 있는데, 나도 엄마라고 부르고 싶은데 이 집에서 나만 미운 오리 새끼가 된 것만 같았다. 그래서 엄마를 찾는 내용의 책이나 영화 같은 걸 보면 매번 펑펑 울었다.

큰집에는 작은 장롱과 책상 하나가 놓인 내 방이 있었다. 책상위 창문을 열면 햇빛도 잘 드는 아담한 방이었다. 하루는 방에서 놀다가 책상 밑에 있는 화장품 케이스 하나를 발견했다. 여성용 화장품 케이스였는데 열어 보니 내용물은 아무것도 없이 비어 있었다.

그런데 그때 어디선가 익숙한 냄새가 났다. 나는 박스에서 나는 냄새인가 해서 그 박스에 코를 대고 냄새를 맡아 보았다. 화장품 박스에서는 잠들기 전 엄마 옆에 누우면 엄마에게서 나던 로션 냄새가 났다.

그 냄새는 한순간에 내 가슴을 깊숙이 찌르며 들어왔다. 냄새를 들이마실 때마다 그 냄새가 칼이 되어 내 심장에 깊이 박혔다. 찌르르 찌르르 가슴이 너무 아팠다. 엄마 냄새가 나서 너무 좋은데 왜 이리 가슴이 아픈지 알 수 없었다.

그러다가 눈물이 왈칵 터져 나왔다. 엄마가 보고 싶어서 우는 것을 들키면 큰엄마에게 혼날까 봐 몰래 숨죽여 울었다. 화장품 박스를 가슴에 꼭 끌어안고 마치 엄마를 만난 것처럼 그렇게 울었다. 나는 그날 그렇게 엄마를 만났다.

그 후로도 종종 엄마가 보고 싶어서 자기 전에 그 박스를 열고 엄마 냄새를 맡았다. 냄새를 맡을 때마다 눈물이 났지만 그래도 그 냄새가 너무 좋았다. 어린 시절 나에게는 그 박스가 유일한 마음의 안식처였다.

요즘도 엄마는 옛날 그 박스에서 나던 냄새와 비슷한 냄새의 화장품을 쓴다. 명절에 집에 가면 엄마는 자기 전에 세수를 하고 와서 얼굴에 로션을 바르며 옛날 얘기를 한다. 예전에 너 어릴 때 이랬다고 저랬다고. 그럼 나는 엄마 말에 맞장구를 친다. "진짜? 내가? 와, 몰랐네. 기억도 안 난다." 하고 너스레를 떨며 엄마와 웃으며 얘기한다.

이제와 돌아보면 부모님의 이혼이나 나를 큰집에 맡겼던 일 모두 사정이 있었을 거라 생각된다. 그럴 만했으니까 그러지 않았을까. 아무에게도 말하지 못한, 본인 스스로에게도 말하지 못한 그런 감정이 있지 않았을까…….

누구에게도 말하지 못하고 가슴속에 어두운 기억으로만 남아 있었는데 이렇게 다 꺼내 놓고 보니 그렇게 어둡지도 않은 기억인 것 같다. 누군가 이 이야기를 읽고 위로를 받는다면, 내 어두운 색 기억도 조금씩 옅어질 거라 기대해 본다.

세상에서 제일 좋은 울 엄마 냄새

이 나이를 먹어도 그리워져요

뒷바라지 하시다 등이 굽어져

그 고운 손 세월에 마디가 지네

이제 다시 맡을 수 없는 울 엄마 냄새

꿈에라도 다시 한번 울 엄마 냄새

– 〈엄마 냄새〉 중에서

# 수입 쇠고기와 증평 만두

× 중완

어릴 적 우리 집은 부모님께서 맞벌이를 하셨다. 아버지는 크레인을 운전하시고, 엄마는 낚싯대 공장에서 일하셨다. 매달 10일과 31일을 손꼽아 기다리던 것이 아직도 생생히 기억난다. 10일은 엄마의 월급이, 31일은 아버지의 월급이 그렇게도 나를 설레게 했다.

월급날 아버지의 퇴근길은 이랬다. 한 손에는 만 원짜리로 가득한 노란색 월급 봉투, 다른 한 손에는 뭐가 들었을까 궁금하게 했던 검은 봉지. 술에 취한 아버지는 골목 입구에 들어서면서 '나 집에 다왔다'고 알리기라도 하듯 헛기침을 하셨다. 그리고 나서 현관

문을 활짝 열며 큰 소리로 "상균아~ 희경아~ 중완아~"라고 자식들 이름을 부르셨다. 그 소리에 엄마와 우리 셋은 먹이를 물어 온 어미 새 앞에 모여드는 새끼들처럼 아버지 앞에 모여 앉아 월급 봉투를 확인했다. 아버지가 뿌듯하게 웃으시는 이유를 그때는 왜 인지 몰랐지만 나도 괜히 기분이 좋았다.

월급날 아버지는 적게 벌었든 많이 벌었든 정육점에 가서 고기를 사 오라는 심부름을 시키셨는데, 심부름 가는 그 길이 참 설레었다. 당시 우리 동네에 있던 정육점 이름은 '수입 쇠고기'였다. 지금은 '소고기'라고 많이 부르는데 어릴 때 동네에서는 '쇠고기'라고 했다. (가끔 이런 대목에서 내가 연식이 좀 됐구나 하는 생각을 한다.) 낡고 촌스러운 간판이 달린 작은 가게였지만 그날 올려다본 간판은 어느 네온사인 간판보다 눈부셨다. 지금도 그때 그 '수입 쇠고기' 간판이 그립다.


엄마 월급날은 느낌이 조금 달랐다. 공장에서 주는 엄마의 월급은 야근을 해야만 아버지 월급과 비슷했다. 엄마는 새벽 5시에 일어나 늘 가족들 밥을 챙기셨다. 세탁기가 없었을 때는 직접 하나하나 문질러 가며 손빨래를 하셨고, 속옷은 철 세숫대야에 담아 가스렌지 불로 푹푹 삶으셨다.

밥, 도시락, 설거지, 청소, 빨래 그리고 출근. 하루의 끝에 마치

도돌이표가 있는 것처럼 그렇게 평생을 반복하셨다. 어린 내 눈에 엄마는 늘 바쁘고 고생스럽게 보였지만 그땐 다른 엄마들도 그랬기에 당연히 그래야 된다고 생각했던 것 같다. 자식 하나 키우며 살아가기도 벅차고 힘든데, 지금 내 나이보다 더 어렸던 엄마는 그 외롭고 힘든 시간을 어떻게 버티셨을까…….

그 시절 부산에 무슨 낚싯대 공장이 그렇게 잘됐는지 엄마는 빠르면 저녁 8시 늦으면 새벽 2시에나 집에 오는 날이 많았다. 그러곤 얼마 주무시지도 못하고 새벽 일찍 일어나 다시 출근을 하셨다. 그런 엄마를 보며 엄마의 월급날은 아버지의 월급날과는 조금 다른 감사와 미안함의 설렘을 느꼈다.

어느 날인가 아버지의 손가락보다 굵어진 엄마의 손가락이 눈에 들어왔다. 그날 이후 엄마가 월급날인데 뭐 먹고 싶냐고 물어보시면 지금도 감천2동에 딱 하나 있는 만둣집인 '증평 만두'의 만두라고 말했다. 오천 원에 다섯 명이 먹어도 남을 정도의 양을 줬던 만두는 고생한 엄마의 월급을 아낄 수 있는 최고의 메뉴였다.

지금도 가끔씩 10일과 31일이 돌아오면 수입 쇠고기와 증평 만두가 생각난다. 그럴 때면 부모님께 전화를 드려 한참 동안 옛날 추억을 쏟아 낸다. 그러고는 꼭 "아버지도 참 고생 많으셨지만 엄마가 더 고생하셨다."라고 덧붙인다. 아버지가 서운하시다고 해도 어쩔 수 없는 일이다.

# 굴을 먹으면 하나도 무섭지 않아

× 준우

초등학교 고학년 무렵 나는 엄마와 단둘이 작은 아파트에 살았다. 5층짜리 아파트였는데 엄마가 처음으로 청약에 성공해서 마련한 집이었다. 고지대에 위치해 베란다에서 내다보면 부산 시내가 한눈에 내려다보였다. 햇살도 잘 들어오고 바람도 잘 통해 무엇 하나 부족함이 없는 집이었다. 게다가 큰집이 아니라 우리 집에 내 방이 생겼다는 기분에 하루하루가 즐거웠다.

그런데 딱 한 가지, 학교를 마치고 집에 왔을 때 나를 맞아 줄 사람이 부족했다. 가장이었던 엄마는 일을 하러 나가서 저녁 늦게야 집에 돌아오셨다. 그것 말고는 최고의 집이었는데 그것이 가장 큰 문제였다.

겁쟁이였던 나는 밤이 되면 아파트 계단을 올라가지 못했다. 어두컴컴한 계단을 걸어 올라가면 뒤에서 귀신이나 괴물이 나를 쫓아오는 것 같은 느낌에 밤까지 놀이터에서 논 날은 계단 밑에서 발을 동동 구르기 일쑤였다.

어떤 날은 엄마가 퇴근할 때까지 집에 들어가지 못하고 기다리기도 했다. 1층 계단에 앉아 엄마를 기다리고 있을 때면 머릿속에서는 온갖 상상의 나래가 펼쳐졌다. 상상 속에서 나는 5층까지 순간이동을 하거나 멋진 히어로가 되어 당당하게 계단을 올라가서 괴물을 처치하기도 했다.

그렇게 매일 저녁 집에 올라가는 일을 고민하다 보니 어느 순간 나만의 노하우가 생겼다. 한 가지는 계단을 올라갈 때 발소리를 쿵쿵 내면서 "저리 가! 저리 가!" 하고 크게 외치며 올라가는 방법이다. 세게 발을 구르면서 용기를 북돋우고, '저리 가'라는 말로 자신감을 채우며 올라간다. 하지만 이 방법은 너무 어두워지면 통하지 않아 땅거미가 내릴 때까지만 유효했다.

그래서 생각한 또 한 가지 방법이 바로 1층에서 누군가 올라갈 때까지 기다리다가 그 사람과 같이 올라가는 방법이다. 이 방법은 연기가 조금 필요했는데 누가 올라갈 때 나도 우연히 같이 올라가는 것처럼 해야 덜 부끄럽다. 혹시나 무서워서 같이 올라가는 게 들키면 안 되니까 말이다. 그런데 이 방법에는 치명적인 단점이 있었다. 같이 올라가는 사람이 1층이나 2층에서 집으로 들어가 버리면 낭패를 보기 때문이다.

이렇게 어렵게 집으로 올라가면 온 집에 불부터 다 켜 놓았다. 화장실부터 안방, 작은방, 부엌까지 불이란 불은 다 켜고 마지막으로 TV까지 크게 틀어 놓아야 좀 안심이 되었다. 그렇게 세상 환해진 집에서 라면을 끓여 먹거나 엄마가 만들어 놓은 돈가스를 구워 먹으면서 엄마를 기다렸다.

새벽 1시 정도가 되면 엄마가 들어오셨는데 엄마는 오자마자 내가 어질러 놓은 집 안 구석구석 치우며 나를 혼냈다. 왜 이렇게 어질러 놓았냐고, 불은 또 왜 다 켜 놓았냐며 속도 모르는 얘기를 했다.

그러다 어느 날 엄마에게 나의 이 무서움에 대해 털어놓았다.


"엄마, 근데 내는 엄마 기다릴 때 너무 무서버 가꼬…… 그래서 불도 다 케 놓고 라면도 끼리 묵고 정리도 몬 했다. 내가 너무 무서우면 우째야 되노?"

"준우야, 만약에 니 혼자 있을 때 무서브면 귤을 묵으 바라. 귤까 묵으면 하나도 안 무섭데이."

"머라꼬? 귤 까 묵으믄 하나도 안 무섭다꼬? 진짜가? 거짓말하는 거 아이가?"

"아이다, 진짜다. 엄마 없을 때 귤 묵으 바바. 한 개도 안 무서울걸?"

"진짜제? 내 엄마 믿는데이. 내일 엄마 없을 때 귤 먹어 보께."


나는 내심 진짜일까 기대를 하며 잠을 청했다. 그리고 다음 날 저녁, 역시나 불을 다 켜 놓고 엄마를 기다리며 무서운 기분이 들 때 귤을 먹었다. 입안에서 귤 조각이 탁 터지며 단맛이 쫙 퍼질 때, 혀끝에서부터 온몸으로 용기가 가득 차오르기 시작했다. 내 안에 있던 무서움이 온데간데없이 사라져 버렸다.

여태껏 그렇게 귤을 먹어도 아무런 일도 일어나지 않는데 엄마의 말 한마디를 듣고 난 후 마법처럼 용기가 샘솟았다. 나는 믿을 수가 없었다. 도대체 이 귤에 무슨 성분이 들어 있기에 무서운 기분을 사라지게 하는지 너무 궁금했다. 조심스레 한 번 더 먹어 보았다. 역시나 공포감이 사라지면서 마음이 편안해졌다. 혼자 있는 집이 이렇게나 편안한 공간인지 처음 알게 되었다.

나는 내친김에 계단을 혼자 올라오는 것에도 도전해 보기로 했다. 다음 날 저녁 혼자서 계단을 올라오는데 어제 먹었던 귤 때문인지 이전보다 덜 무서웠다. 전에는 계단 구석구석에서 괴물이 나올 것만 같았는데 이제는 아이보리색 페인트가 칠해진 벽을 보면 마음이 편안했다. 정말 놀라운 경험이었다. 귤 하나 때문에 이렇게 달라지다니 매일 그렇게 고민하던 내가 바보처럼 느껴졌다.

요즘도 귤을 먹을 때면 가끔 그때 생각이 난다. 귤을 먹으면 무서움이 사라진다니 그걸 믿은 나도 웃기지만, 매일 저녁 본인을 기다리며 두려움에 떠는 아들을 보며 엄마는 무슨 마음으로 그런 말을 했을까 하는 생각을 하면 가슴이 먹먹하다.

어린 나도 불쌍했지만 그런 아들을 두고 매일 일터에 나가야 했던 엄마의 마음이 더 안타깝게 느껴진다. 이 세상 모든 워킹맘들에게 귤 한 조각을 권하고 싶다.

# 라디오는 내 친구

×
중완

국민학교 4학년이었던 1990년, 우리 집은 오래된 기와집에서 신식 벽돌집으로 재건축을 했다. 겨우 지금 내 나이 정도 되었던 부모님이 자식 셋을 키우며 어떻게 그렇게 큰돈을 모으셨는지 생각해 보면 대단한 일이다. 내가 어려서 기억이 없던 시절부터 4학년이 될 때까지 두 분이 맞벌이해 가며 악착같이 모으셨다고 생각하니 참 감사한 일이다.

새롭게 지은 우리 집은 빨간 벽돌로 된 멋진 2층 집이었다. 두 칸이었던 방이 세 칸으로 늘었고 밖에 있던 푸세식 화장실도 깔끔

한 수세식 화장실이 되어 집 안으로 들어왔다. 또 오래된 연탄보일러 대신 기름보일러로 바뀌었다.

멋진 집이 생긴 건 좋은 일이었지만 난 늘 불만이 가득했다. 바로 TV 때문이었다. 하나밖에 없었던 TV는 안방에 있었고 당연히 채널 선택권은 아버지 손에 달려 있었다. 난 아버지의 사랑 〈동물의 왕국〉 덕분에 모든 동물의 이름을 꿰고 살았다. 무엇을 먹고 사는지부터 각 동물마다 짝짓기는 어떻게 하는지까지. 관심이 하나도 없었지만 그래도 TV를 보는 게 공부하는 것보다 나아서 늘 아버지와 함께 TV를 봤다.

전축도 안방에 있었다. 한창 유행하던 김흥국의 〈호랑나비〉 춤을 연습해 친구들 앞에서 자랑해야 하는데 노래도 내 마음대로 틀지 못해 그냥 무반주로 노래하며 연습했다. 그렇게 혼자 놀다 우연히 발견한 녀석이 나의 오랜 친구가 될 줄은 전혀 몰랐다.

바로 라디오다. 라디오는 형의 것이었다. 그때 사춘기였던 형은 무얼 하고 다녔는지 늘 집에 늦게 들어왔다. 작동법을 몰랐던 나는 그냥 이것저것 버튼을 눌러 보면서 차츰차츰 라디오와 친해졌다. 라디오만 듣고 있으면 엄마한테 혼이 날까 봐 공부 하는 척 책을 펴 놓고 음악 감상을 했다. 그러다 우연히 듣게 된 노래 한 곡이 내 음악 취향을 완전히 바꿔 놓는 계기가 되었다.

국민학교 4학년인 나에게 첫사랑처럼 다가온 음악은 김현식의
〈사랑했어요〉였다. 가사를 다 이해하지는 못했지만 김현식이라
는 가수가 무엇을 표현하고 싶었는지가 어린 나의 가슴에 아련하
게 와닿았다. 다행히 라디오에 녹음 기능이 있어서 공테이프나 안
듣는 테이프를 넣어 라디오에서 흘러나오는 김현식의 노래를 녹음
했다.

하나씩 하나씩 모아진 카세트테이프는 나에게 가장 소중한 존
재였다. 그때부터 TV보다는 라디오를 끼고 살았다. 김현식으로
시작해 조덕배까지 사랑에 빠질 수밖에 없는 노래들을 들으면서
블루스나 포크송에 대한 애착이 깊어졌다. 이 두 가수는 어린 나
에게 처음으로 음악을 듣고 설렐 수 있다는 걸 알게 해 준 첫 스승
님 같은 존재다.

우연히 라디오를 통해 알게 된 이 소중한 감성들로 인해 난 음
악을 사랑하게 됐고 지금까지도 나의 음악 작업에 가장 큰 영향을
끼치고 있다. 누구나 롤 모델이 있겠지만 내 롤 모델은 김현식이
다. 살아 계셨다면 언젠가 같은 무대에 서는 걸 꿈꿨을 텐데…….
어린 나이에 갑자기 먼 곳으로 떠나간 나의 롤 모델을 시간이 흘
러 그곳에서라도 만날 수 있기를 바랄 뿐이다.


사람은 누구나 죽는다. 나도 그렇고 우리 모두가 그렇다. 살면

서 다양한 사람들을 통해 수많은 감정을 알게 되지만 코흘리개 순수했던 나에게 음악으로 설렘이란 감정을 알게 해 준 김현식. 먼 훗날 하늘에서 만나게 된다면 감사함을 전하고 싶다.

# 오리지널 80 VS 빠른 80

× 중완

 

나는 다섯 살 때 네 살 친구들과 놀았다. 여덟 살 때도, 열한 살 때도 늘 한 살 동생들 사이에서 대장질을 하며 어울려 다녔다. 그 땐 몰랐다. 왜 한 살 어린 동생들과 어울렸는지. 이젠 알 것 같다. 왜? 또래 친구들이 안 놀아 주니까! 그래서 난 본능적으로 동생들을 만났던 것 같다.

특히 기억나는 한 살 어린 친구들이 있다. 상성이, 승훈이, 성호. 국민학교에 들어가서야 내가 형인 걸 알았던 나는 진짜 바보였다. 상성이와 승훈이는 중고등학생을 지나 어른이 돼서도 반말을 했고, 성호는 중학교에 들어가고부터 나에게 형이라고 불렀다. 그런데 뭔가 이상하게 형이라는 호칭으로 인해 성호와는 멀어지는 느낌이 들었다. 우리는 나이보다는 마음의 친구였으니까.

감천2동 좁을 골목에서의 추억이 아주 많다. 구슬치기, 딱지치기, 동그란 딱지 따먹기, 지우개 따먹기, 사방치기(땅따먹기) 등등 골목에서 할 수 있는 놀이들이 참 많았다. 친구들 부모님도 다들 맞벌이를 하셔서 우린 부모님이 돌아오시는 깜깜한 밤이 될 때까지 놀다 헤어지곤 했다. 모든 걸 함께했던 나의 불알친구들. 지금은 연락이 끊긴 그 친구들이 어떻게 살고 있는지 너무 궁금하다. 친구야, 잘 살고 있니?


생각해 보면 나는 '빠른 80'이고 그 친구들은 '오리지널 80'이라 학년이 달랐다. 지금도 난 마흔네 살로 살고 있고 79년생과 친구를 하고 있다. 꼰대 마인드라고 생각하지만 사회에 나와서도 80년생과 친구가 된다는 건 왠지 자존심이 상했다. 지금까지 나와 친구로 지낸 79년생에게 미안한 마음이 들어 80년생들과 친구를 못 맺는 이유도 있다. 80년생과 친구를 했다가는 언젠가 반드시 족보가 꼬이는 일이 생길 것 같기 때문이다.

방송을 하면서 만난 사람 중에서 지금도 미안한 친구가 있다. 〈불후의 명곡〉 프로그램에서 김준현 씨를 처음 만나던 날 "오~

우리 친구더라고~ 반갑다, 친구야!"라며 인사를 해 오는 준현 씨에게 나는 대뜸 나이가 어떻게 되냐고 물었다. 80년생이라는 준현 씨의 대답에 나는 빠른 80이라고 말하면서 잠시 어색한 기류가 흘렀고, 성격 좋은 준현 씨가 그럼 제가 형이라고 부르겠다고 했다. 그런데 그때 내가 왜 그랬는지 형이라고 부르는 게 어색하면 그냥 씨를 붙이자고 하면서 애매하게 마무리가 됐다. 그러고는 아직까지 내 마음속 호칭을 정하지 못해 "준현 씨~" 아니면 그냥 "안녕~" 하는 식으로 웃어넘긴다.

가끔은 80을 편하게 받아들이지 못하는 이 꼰대 마인드가 부끄럽지만 아직도 나는 80년 동생들과는 친구를 할 수 없는 꼰대다. 사람들은 빠른 년생들 때문에 족보가 꼬인다고 하는데 나는 오리지널의 고집스러움 때문에 꼬인다고 생각한다. (ㅎㅎㅎ) 내가 마흔네 살이라고 생각하면 마흔네 살이고 마흔세 살이라고 생각하면 마흔세 살이다. 그래서 준우는 나에게 형이라 한다. 정상이다!!!

# 세상은 매운맛

× 준우

"세상이 나를 독하게 만들었다."

나는 그렇게 생각한다. 처음 사회에 나왔을 때 나는 이렇지 않았는데 세상이 나를 이토록 독하게 만들었다고. 지금부터 내가 겪었던 세 가지 이야기를 하려고 한다.

20대 초반이었다. 실용음악과에 합격해서 대학을 다니다가 학교생활이 맞지 않아 6개월 만에 자퇴를 했다. 그 뒤로 별일 없이 지내다 대학에 들어가기 전까지 다니던 음악학원에서 기타 강사를 하게 되었다. 학생이 학원비를 내면 학원과 내가 나누는 구조여서 학원생이 많으면 월급이 많고 학원생이 적으면 월급이 적은 형태였다. 학원생은 평균 열다섯 명 정도 되었고 나는 처음으로 가진 직장이라 열심히 일했다. 일요일에만 수업이 가능하다는 초등학생을 위해 일요일에도 쉬지 않고 혼자 나와서 수업을 했다.

그러다 첫 월급날이 돌아왔는데 원장님이 월급의 반 정도를 저금해 주겠다고 했다. 직장을 준 것도 모자라 내 월급까지 관리해 준다니, 이 얼마나 감사한 일인가! 나는 내가 고등학생 때부터 다닌 학원이라 원장님 말씀을 철석같이 믿었고 그 뒤로 월급의 반만 받으며 열심히 일했다.

하지만 그 약속은 지켜지지 않았고 반토막짜리 월급도 점점 밀리기 시작했다. 하루하루 생활마저 힘들어져 원장님을 찾아가 월급을 달라고 얘기하면 다음 달에 꼭 준다, 다음 주에 꼭 준다는 약속뿐이었다. 그마저도 지켜지지 않았고 나는 참다못해 노동청에 고발할 수밖에 없었다.

그렇게 고발까지 하고 나서야 돌아온 것이 월급의 일부였고 나는 원장님과 더 이상의 다툼이 힘들어서 월급의 일부만 받고 그만하기로 했다. 그렇게 깨닫게 된 것이 월급을 저금해 준다는 사람은 믿으면 안 된다는 세상의 이치였다.

세상의 쓴맛을 처절하게 경함한 후 새로 구한 직업은 라이브 카페에서 노래하는 아르바이트였다. 하루에 30분만 노래를 부르면 한 달에 50만 원 정도 월급을 받았는데 그런 곳을 두세 군데 돌면 생활할 정도의 월급이 되었다.

하지만 일자리는 생각보다 많지 않았고 자취방의 월세와 공과금을 밀리는 일이 반복됐다. 공과금이 두어 달 밀리자 집에 물이 안 나왔다. 주인집에서 물을 끊어 버린 것이다. 나는 물세를 내지 않았으니 수도가 끊기는 것이 당연하다 생각했고 그렇게 일 년 정도를 물이 안 나오는 집에서 생활했다.

그러다 결국에는 자취방을 빼고 다시 본가로 들어가야 하는 지경에 이르렀다. 이사를 하던 날, 보증금에서 밀린 방세를 정리하고 나오려는데 집주인이 밀린 물세를 받아야 한다고 생떼를 쓰기 시작했다. 나 때문에 물이 새서 수도세가 많이 나왔으니 50만 원을 더 내놓고 나가라며 화를 냈다.

나는 너무 억울했다. 일 년 동안 살면서 물도 제대로 못 썼는데 밀린 수도세를 내고 나가라니, 어린 마음에 너무 억울했는데 그때는 누구에게 하소연하거나 의지할 사람이 없었다. 나는 집주인 아줌마의 불같은 호령에 주눅이 들어서 어쩔 수 없이 그 돈을 주고 나왔다.

이사를 나와서도 분이 풀리지 않아 며칠이 지나도록 곰곰이 생각을 했다. 아무리 생각을 해 봐도 너무 부당한 일이었다는 생각이 들었고, 다시는 이런 일을 당하지 않으리라 다짐하고 또 다짐했다. 이렇게 세상은 나에게 독하게 사는 법을 하나하나 일러 주었다.

시간은 또 흘러갔다. 라이브 카페 일이 생각보다 잘 풀려서 처음으로 중고차도 사고 반주기도 샀다. 월급도 많이 올라서 한 가게에서 100만 원 정도 받을 수 있었다. 돈이 좀 모이자 다시 독립해 살고 싶은 마음이 들었다. 지난 일을 교훈 삼아 이번에는 작은 아파트에 월세로 들어가기로 했다.

재개발 직전의 아파트라 주변 환경은 좋지 않았지만 월세가 저렴해서 나쁘지 않았다. 하지만 오래된 아파트라 주차할 곳이 부족했다. 라이브 카페의 일 특성상 밤늦게 집으로 돌아오는 경우가 많았는데 새벽 세네 시 타임까지 노래를 하고 집에 들어오면 주차할 곳이 하나도 없는 경우가 허다했다.

그날도 평소처럼 늦게 일을 마치고 집에 돌아와 주차할 곳을 찾고 있었는데 주차할 곳이 하나도 없었다. 이날은 11시 타임에 노래를 하던 가게에서 주차를 하다가 벽에 차를 긁어 기분이 좋지 않았는데 주차할 곳까지 없으니 너무 우울했다. 그러다 한쪽 구석에서 기적처럼 주차할 곳을 찾았다. 이미 오토바이 한 대가 세워져 있었지만 공간이 충분했기에 경차의 이점을 살려 조심히 주차를 했다. 그렇게 주차를 하고 집에 들어와 꿀잠을 청했는데 아침에 일어나 보니 장문의 문자가 하나 와 있었다.

「○○○○ 차주시죠? 제 오토바이를 넘어뜨리고 주차를 하시면 어떡합니까? 보아하니 음주로 사고를 내시고 급하게 들어오느라 제 오토바이를 넘어뜨린 거 같은데 수리비를 주시면 조용히 넘어가겠으나 아니면 음주 뺑소니로 신고하겠습니다.」

얼토당토않은 내용에 잠이 확 달아났다. 내가 음주 뺑소니라니, 이 무슨 말도 안 되는 소린가 싶어서 전화를 걸었다. 오토바이 주인은 내 차에 있는 긁은 자국을 언급하며 음주로 사고를 내고 급하게 들어와 주차를 하면서 본인 오토바이까지 넘어뜨린 것 아니냐고 주장했다.

나는 무슨 말도 안 되는 소리냐, 그 자국은 내가 다른 곳에서 주차를 하면서 긁힌 자국이고 당신 오토바이는 털끝 하나 건드리지 않았다, 증거도 없이 그런 말을 함부로 하는 거 아니라고 반박했다. 하지만 오토바이 주인은 자기가 법을 공부한 사람인데 정확한 증거가 없어도 정황 증거라는 것이 있기 때문에 무조건 수리비를 받아야겠다고 억지를 부렸다.

그렇게 끝도 없이 얘기를 하다가 전화를 끊었고 그날 밤에 오토바이 주인에게서 다시 문자가 왔다.

「○월 ○일까지 수리비를 입금하지 않으면 경찰에 고발하겠다.」

'고발'이라는 글자만 눈에 들어오면서 덜컥 겁이 났다. 하지만 이전의 두 사건들처럼 어른들의 말도 안 되는 요구를 다 들어주면 너무 화가 날 것 같아서 이번에는 세상에 맞서기로 했다. 그래서 오토바이 주인이 마음대로 결정한 그 날짜까지 아무런 연락도 하지 않았다.

당당하게 맞서기로 마음을 먹었지만 돈을 보내라고 했던 날의 다음 날은 경찰에서 전화가 올까 봐 하루 종일 조마조마한 마음으로 지냈다. 하지만 하루, 이틀, 일주일, 한 달이 지나도 아무런 연락도 없었고 그 아저씨조차도 연락이 없었다. 그때 또 깨달았다. 아…… 사기당할 뻔했구나.

이렇게 세상은 나에게 세 번의 기회를 통해서 세상의 매운맛을 보여 주었고 나는 다시는 호락호락하게 살지 않기로 마음을 먹었다. 고맙다, 세상아! 그런데 혹시 아직 매운맛이 더 남았니?

2장

나
이
제
혼
자
안
산
다
!

# 오빠들은 못생겨서 싫어요

×
준
완

첫 앨범을 준비하고 있던 추운 겨울이었다. 준우와 나는 연습을 마치고 주린 배를 채우러 동네에 있는 작은 선술집으로 향했다. 김치전과 어묵탕에 한두 잔 마시다 보니 앨범 얘기로 시작해서 허세에 절었던 어릴 적 이야기로 흘러갔다.

내가 살면서 겪은 남자 사람들은 모두 외모 부심이 조금씩은 있었다. 적어도 평균치는 될 거라는 긍정적인 생각을 한다. 어이없게 준우도 그런 생각을 하고 있었다. 자기의 최고 전성기는 중학교 때였다며 여자들에게 얼마나 인기가 많았는지 믿기지도 않는 외모 성수기 때 이야기를 했다.

술도 한잔했겠다 말 나온 김에 나도 인기 많았던 그 시절의 이야기를 꺼냈다. 난 한 번도 여자에게 먼저 사귀자고 말해 본 적이 없다고, 모두 여자들이 나에게 대시해 사귄 거라고. 우리 둘은 그렇게 술과 자기애에 취해 점점 이성을 잃어 갔다.

그러다 나였는지 준우였는지 기억은 잘 안 나지만 둘 중 하나가 터무니없는 무리수를 던졌다. 부산에서 이성에게 인기가 많았으니 서울에서도 어느 정도는 통할 거라며 헌팅을 해 보자는 것이었다. 우리도 서울 여자를 한번 만나 보는 거야! 술에 취해 자신감이 붙었던 우리는 나는 '육빈', 준우는 '강우성'이라고 착각이라도 했던 것 같다.


홍대에서 가장 사람이 많이 모이는 장소, 헌팅의 메카 홍대 놀이터로 향했다. 당시 홍대 놀이터에는 버스킹을 하는 뮤지션들과 그들을 구경하며 술을 마시고 춤을 추는 관객들이 모여 어울리는 홍대만의 낭만이 있었다. 그곳에서 우린 한없이 상냥할 것만 같은 서울 여자와의 만남을 꿈꿨다. 도착한 놀이터에는 이미 많은 사람들이 홍대의 밤을 즐기고 있었다. 우리도 은근슬쩍 이 밤을 즐기는 척하며 자연스럽게 끼어들어 느낌적인 느낌의 여성들과 눈 맞춤을 시도했다.

힐끔힐끔 사람들을 스캔하며 돌아다니고 있을 때 수많은 사람들 사이에서 한눈에 딱 들어온 갈색 머리의 여성 두 분이 있었다. 뒷모습이었지만 누가 봐도 서울 여자처럼 단아해 보였다. 벤치에 앉아 버스킹을 구경하는 그 순수해 보이는 모습에 우린 말을 걸어 보기로 했다. 준우와 난 어떻게 말을 걸까 고민 끝에 빈손으로 접근하면 말도 못 붙이고 퇴짜 맞을 확률이 클 거라는 생각에 편의점에서 수입 맥주를 사 왔다. 맥주를 건네며 자연스럽게 대화까지 연결해 보려는 작전이었다. 그런데 막상 맥주를 사서 여성들 근처까지 가자 술이 확 깨면서 망설여지기 시작했다.

누가 먼저 말을 걸 것인가로 의논하던 중 아찔한 장면이 머릿속을 스쳤다. 바로 퇴짜 맞고 온 준우의 썩은 얼굴. 그렇다. 난 준우의 얼굴을 신뢰하지 않았다. 그래서 그나마 확률이 좀 있을 것 같은 내가 나서기로 마음을 먹었다. 준우에게는 저 멀리 안 보이는 데 가 있으라 말하고 용기를 내어 그녀들에게 다가갔다.

버스킹을 즐기는 척 자연스럽게 옆자리에 앉아 말없이 맥주 두 캔을 슥 하고 내밀었다. 그녀들은 날 힐끔 보더니 아무 말 없이 내가 준 맥주 캔을 따서 마셨다. 1단계 작전 성공. 그녀들은 몇 모금 만에 맥주를 비웠고 아무 말도 건네지 못한 나는 다시 그 비싼 수입 맥주 두 캔을 사 와 슥 하고 밀어 놨다.

그때 준우는 화단 옆에 숨어서 몰래 지켜보고 있었다. 난 아직

때가 아닌 것 같아 준우에게 거기 가만히 있으라는 신호를 보냈다. 그녀들이 아직 준우의 존재를 모르길 바랐다. 용기를 내 대화를 시도했다. 떨리는 마음으로 "안녕하세요?"라고 말을 건넸고 그녀들은 나를 보며 웃었다. 2단계 작전도 성공. 일단 말을 트자 용기가 생겼고 대화가 끊기지 않게 이어 가며 호감을 사려 노력했다.

30분 정도의 즐거운 대화가 이어졌다. 친절한 눈빛, 환한 웃음, 상냥한 서울 말투까지 모든 게 완벽했다. 난 이제 본격적으로 승부수를 던질 때라고 생각했다. 준우에게 오라는 (사실 가라고 하고 싶었지만) 신호를 보냈다. 잔뜩 긴장해 쭈뼛쭈뼛 어색하게 걸어오는 준우를 가리키며 같이 온 일행이라고 조심히 소개했다. 그러고는 본능적으로 지금이 타이밍인 것 같아 용기 내어 그녀들에게 말했다.

"여기 너무 시끄럽고 추운 것 같은데 어디 조용한 데 가서 따듯한 국물에 소주 한잔하실래요?"

말이 끝나기 무섭게 한 여성에게서 답이 돌아왔다. 고개를 돌려 해맑게 웃은 그녀는 이렇게 말했다.

"오빠들은 못생겨서 싫어요."

난 현실이 믿기지 않았다. 준우도 믿기지 않았는지 아무런 표정 없이 가만히 서 있었다. 화도 안 났다. 내가 어디가 못생겼냐고 묻지도 못했다. 날씨는 춥고, 마음은 공허하고, 인생은 허무했다. 정신이 반쯤 나간 것 같은 준우를 보며 '너 때문일 거야'라고 나를 위로했다.

너무 창피해서 멍하니 서 있는 준우의 손을 꼭 잡고 도망치듯 그 자리를 빠져나왔다. 작업실을 향해 뛰어가는데 머릿속에서 그 말이 계속 울려 퍼졌다. 오빠들은 못생겨서 싫어요, 오빠들은 못생겨서 싫어요……. 우리는 한동안 그때의 충격에 휩싸여 여자는 쳐다보지도 않고 음악 작업에만 몰두했다.

며칠 후 우리는 멜로디만 나온 채 제목도 가사도 나오지 않아 골치 아팠던 곡을 완성하기 위해 만났다. 아무 생각 없이 통기타로 멜로디를 연주를 하며 흥얼거리는데 갑자기 둘의 입에서 "오빠들은 못생겨서 싫어요."가 튀어나왔다. 트라우마로 남았는지 무의식적으로 튀어나온 그 말에 우리는 그 자리에서 배꼽을 잡고 쓰러졌다.

씁쓸하지만 너무 웃긴 이 이야기를 우리 노래의 가사로 써 보자고 의기투합했고 제목도 〈오빠들은 못생겨서 싫어요〉로 붙였다. 몇 달 동안 그렇게 애를 쓰며 쓰려고 노력해도 한 줄 안 써지던 가사가 그녀들과의 만남으로 완성되었다.


저기 벤치 앞에 눈에 띄는 그녀들

갈색 머리 환한 미소 좋아요

착한 얼굴 내 맘에 쏙 들어요

혹시 시간 되면 술 한잔하실래요

오빠들은 못생겨서 싫어요

오빠들은 못생겨서 싫어요

– 〈오빠들은 못생겨서 싫어요〉 중에서


십여 년 전 일이지만 그녀들의 얼굴이 아직도 생생히 기억난다. 딴생각 안 하고 음악만 열심히 하게 해 준 그녀들……. 지금에서야 말하지만 그녀들도 그렇게 예쁘지는 않았다.

# 옥탑방 블루스

× 중완

지금이야 망원동 하면 망원시장, 망리단길 등이 먼저 떠오르지만 2013년 당시 망원동은 그저 홍대 인근에서 월세가 가장 싼 동네였다.

부산에서 가진 것 하나 없이 빈손으로 올라와 서울살이를 하는 6년 동안 매달 10만 원, 20만 원씩 되는 대로 통장에 모은 돈이 천만 원이 되었다. 서른네 살 나이에 다른 사람들과 비교하면 많이 부족한 금액이었지만 나에게 그 돈은 서울의 희망 같았다. 더 이상 누군가에게 얹혀살지 않아도 되는 나만의 꿈을 꿀 수 있는 그런 돈이었다.

당시 망원동 원룸 시세는 보통 보증금 천만 원에 월 50~60만 원 수준이었고, 거기다 전기세, 수도세 같은 공과금까지 합치면 꽤 부담이 되는 돈이었다. 나에게 선택지는 두 가지밖에 없었다. 반지하 아니면 옥탑. 그리고 꼭 금전적인 문제가 아니더라도 선택의 폭이 좁아질 수밖에 없는 이유가 있었다. 바로 소음 때문이다.

다가구 주택에서 음악을 한다는 것은 쉽지 않다. 나한테는 천상의 하모니로 들리는 음악도 누군가에게는 소음이 될 수 있기 때문이다. 아무리 조심한다고 해도 누군가에게는 피해가 간다는 사실을 알았기에 그나마 괜찮을 것 같은 옥탑방을 선택했다.

옥탑방만의 낭만에 대한 기대도 있었다. 비록 주머니에 돈은 없지만 꿈이 많았던 30대 초반, 청춘을 즐기기에 딱이라는 생각도 들었다. 옥상 한가운데 널찍한 평상을 만들어 놓고 친구들을 초대해 고기를 구워 먹거나, 하늘에 떠 있는 달빛을 조명 삼고 바람을 효과 삼아 노래하는 나의 모습을 상상하면 신축 오피스텔이 하나도 부럽지 않았다.

부동산에 찾아가 보증금 천만 원으로 구할 수 있는 옥탑방이 있냐고 물었는데, 기대하지도 않았던 방 두 개짜리 옥탑방을 소개받았다. 방이 두 개라는 말에 그길로 집 구경을 갔고 뻥 뚫린 시야에 반해 묻지도 따지지도 않고 계약해 버렸다.

옥탑방 마당에서 올려다보는 하늘은 여기가 차가운 대도시 한복판임을 잊게 만들었다. 기타를 벗 삼아 나만의 음악을 꿈꾸기에 너무도 완벽한 공간이었다. 그래서인지 옥탑방에 살 때 유난히 감성적인 곡이 많이 나왔다. 〈퇴근하겠습니다〉, 〈옥탑방〉 말고도 수많은 곡이 옥탑방 평상에서 만들어졌다.

〈옥탑방〉 가사 중에 이런 구절이 있다.

> 하늘엔 별이 참 많이 있구요
> 난 그 별에서 제일 가깝게 살구요
> 햇살이 좋아 빨래도 잘 말라
> 그곳에서 난 꿈꾸네
> …
> 평상에 누워 나 하늘을 보면
> 누구도 부럽지 않죠

어느 날 밤 평상에 누워 하늘을 보는데 유독 많은 별들이 예쁘게 반짝거렸다. 때마침 바람이 기분 좋게 솔솔 불어왔고 순간 세상에서 가장 행복한 사람이 된 것 같았다. 가진 것은 쥐뿔도 없었지만, 그 순간만큼은 저 하늘에 떠 있는 예쁜 별들을 어느 누구보다 가까이에서 보고 있다는 단순한 생각 때문이었다.


　　세상에 제일 행복한 사람의

　　기준이 없다면 난 제일 행복해

　　하늘에 제일 가까이 있는 곳

　　옥탑방에서 삽니다

　　…

　　난 매일 꿈을 꿉니다

- 〈옥탑방〉 중에서


그날 난 누구도 부럽지 않았고 누구보다 행복한 사람이었다.


그때는 참 많은 꿈을 꾸고 많은 생각을 했다. 사람마다 자신에게 맞는 터가 있는 것 같다는 생각을 하게 한 동네이자 집이기도 했다. 나에게 어울리는 동네, 어울리는 집. 그래서인지 옥탑방에 살기 시작하면서 좋은 일이 많이 생겼다.

혼자 사는 나에게 웃으며 인사해 주는 마음씨 좋은 동네 주민들을 만났고, 노래도 사람들에게 점점 알려지기 시작했다. 그렇게 꿈을 꾸며 한 발씩 앞으로 나가다 보니 〈무한도전〉이라는 큰 프로그램에서까지 섭외가 왔다. 난 이 모든 게 사람의 노력과 음악의 힘도 있지만, 망원동 옥탑방의 기운 때문이라고 믿는다. 옥탑방에 살아 보지 않은 자, 미신이라고 욕하지 마라!

결혼을 하면서 옥탑방을 떠나 7년째 아파트에 살고 있지만 아파트와는 도무지 친해지질 않는다. 에어컨과 보일러가 소용이 없을 정도로 여름엔 너무 덥고 겨울엔 너무 추웠던 옥탑방이지만, 난 아직도 꿈을 꾼다. 언젠가는 다시 나만의 옥탑방을 가질 수 있기를. 꿈 많았던 그때의 그 시절로 한번쯤은 다시 돌아가 볼 수 있기를.

# 나 이제 혼자 안 산다

× 중완

나 이제 혼자 안 산다.

써 놓고 보니 뭔가 행복한 가정을 꾸려 안정된 삶을 찾은 듯하다. 인생에서 더 이상의 외로움은 없을 것만 같은, 마치 외로움이라는 감정은 저 멀리 달나라로 사라져 버린 것 같은 따스한 제목이다. 행복한 가정이 맞고 삶이 안정되고 따뜻해진 것도 사실인데 알 수 없는 이 기분은 뭘까?

결혼을 하면서 자연스럽게 나의 위치가 정해졌다. 가장 그리고 아빠. 여자 친구에게도 아내와 엄마라는 새로운 이름이 생겼다. 둘 다 지켜야 할 가정이 생긴 것이다. 그에 따르는 서로 간의 배려, 희생과 노력 등등 맞추고 지켜야 할 것들이 너무 많이 생겨났다. 결혼 전 막연하게 어느 정도 예상은 했지만 직접 경험해 보고서야 그 맛을 제대로 알아 버렸다. 결혼은 아주 매콤하다…….

결혼 3년 차까지는 달라진 생활 패턴에 적응하느라 몹시 힘들었다. 말투와 행동을 바꾸고 사소한 것 하나하나까지 맞추며 산다는 건 나도 아내도 쉬운 일이 아니었다.

매일 함께하는 집 안에서 별거 아닌 일들로 매번 부딪치자 총각 때의 자유가 그리웠다. 지금이야 가정의 평화를 위해 '지는 게 이기는 거다'라는 심정으로 언제나 져 주지만, 결혼 초반에는 아내에게 지는 것이 그렇게 자존심이 상했다.

'혼자 살 땐 다 내 맘대로, 같이 살 땐 다 네 맘대로'라는 생각까지 들자 사람이 점점 유치해졌고, 그렇게 우리는 늘 전시 상황이었다. 지금 생각해 보면 30년을 넘게 각자 살아온 두 사람이 만났으니 모든 면에서 다른 게 당연한 일인데 말이다.

주위에 결혼한 사람들 중 대부분은 솔직히 혼자 살 때가 눈치 안 보며 좋았다고 말한다. 결혼해서 행복하다고 말하는 사람은 딱 한 놈이다. 그 딱 한 놈은 주말부부다. 함께한다는 건 좋은 일이지만 매일 함께한다는 것에는 서로의 노력과 배려, 존중과 이해가 분명히 필요하다.

우왕좌왕 갈피를 잡지 못하던 결혼 생활에도 행복은 찾아왔다. 우리 예쁜 공주님 온음이가 태어난 것이다. 너무 귀해서 흠집이라도 생길까, 혹시 나의 더러운 때가 묻을까 한동안 제대로 안지도 못했다. 아내와 난 매순간이 감동이었고, 매순간을 감사함으로 살았다. 그렇게 꽃길만 걸을 것 같았다.

하지만 육아는 마라맛 가시밭길이었다. 단언하건대 아이 하나를 키우는 일은 세상 어떤 일보다 힘든 일이다. 아이를 낳고 길러보니 세상 모든 부모들이 위대해 보였다. 아이를 잘 기르는 것이야 말로 엄청난 희생을 감수해야 한다는 사실을 깨달았다.

아이가 태어나면서 자연스럽게 아내와의 전시 상황은 막을 내렸고 모든 초점은 아이에게 맞춰졌다. 나야 계속 활동을 하고 있지만 싱어송라이터였던 아내는 자신의 길을 멈추고 한 가정을 위해 노력하는 엄마가 되었다. 그 모습이 멋있기도 하지만 안쓰럽기도 하다. 사람에게는 누구나 하고 싶은 일이 있는데 바뀐 처지 때문에 할 수 없다는 것은 참 슬픈 일이기 때문이다. 언젠가 아내가 무대에 서는 모습을 아이와 손 잡고 지켜볼 날을 꿈꿔 본다. 위대한 엄마에서 다시 훌륭한 가수가 되는 그날을. (자기야, 나 잘했어?)

얼마 전 음악 작업 중 갑자기 등 깊숙한 곳에서 통증이 느껴졌다. 점점 심하게 쑤시고 아파와 작업을 멈추고 일어서려는 순간 난 가슴을 부여잡고 악 소리를 지를 수밖에 없었다. 평생 느껴 보지 못한 부위의 고통이었다. 걷기도 힘들 정도로 아파서 '뭔가 큰 사달이 났구나' 하는 생각이 들었다.

그렇게 앉지도 똑바로 서지도 못한 채 엉거주춤 책상을 잡고 서서 휴대전화로 검색에 들어갔다. '등 저림', '등 통증'을 검색하자 여러 가지 병명들이 쏟아져 나왔다. 그중 눈을 뗄 수 없게 만드는 기사가 하나 있었는데 바로 췌장암일 수도 있다는 내용이었다. 기사를 읽은 짧은 순간 동안 나는 별의별 상상을 다 해 가며 생을 마감하고 있었다.

그길로 병원에 예약을 했다. 췌장암일 수도 있다는 생각에 사로잡힌 난 죽음에 대한 두려움보다 남아 있는 가족 걱정이 컸다. 고향에 계신 부모님과 형제도 생각이 났지만, 사랑하는 아내와 이제 다섯 살밖에 안 된 아이가 앞으로 나 없이 어떻게 살아갈지에 대한 걱정이 큰 무게로 다가왔다.

진료일을 기다리며 마냥 불안해하고 있을 수만은 없었다. 혹시 병원에서 안 좋은 진단이 나왔을 때를 대비해 뭐라도 해 놓고 죽어야겠다는 생각이 들었다. 죽기 전에 곡이라도 많이 써 놓으면 남은 가족들이 저작권료라도 받을 수 있지 않을까 하는 생각으로 아픈 등을 부여잡고 밤새 곡을 썼다.

다행이도 나의 병명은 디스크 전조 증상이었다. 디스크도 아니고 자세 교정만으로도 고칠 수 있는 초기 단계였다. 불안한 마음에 의사 선생님께 "췌장암 아닌가요?"라고 물었는데 전혀 아니란 말이 떨어지고 나서야 마음 편히 웃을 수 있었다.

상상만으로도 아찔했던 그때를 돌아보면 한 가정의 가장으로서 내 존재에 대한 중요성을 깨닫는다. 총각 때는 아프면 나 혼자 서러우면 끝이었지만 이제는 내가 아파서 쓰러지면 가족의 짐이 될 수 있으니 말이다.

35년을 넘게 혼자 지내다 결혼을 하고 아이를 낳고…… 그렇게 7년 차. 결혼 초반에는 내 모든 것이 사라진 것만 같아 결혼 전보다 더 외로움을 느꼈는데, 지금은 내 곁을 지키는 가족이 있어 삶의 소중함을 깨닫는다.

요즘 난 내 존재의 소중함을 알게 해 준 가족들을 위해 건강하게 웃으며 행복하게 살고 싶다는 생각을 한다. 혼자가 아닌 함께 말이다. 그래서인지 예전에는 마냥 부럽기만 했던 주말부부 친구가 이제는 부럽지 않다. 아내가 잔소리할 때 빼면.

# 결혼은 실전이다

× 준우

편집자님에게 메시지가 왔다.

「보내 주신 원고 중에 결혼에 관한 내용이 없던데 한번 써 보시는 건 어떨까요?」

'왜 결혼에 관한 원고가 없을 거라고는 생각 안 해 보셨나요?'라고 답장을 보내고 싶었지만 군말 없이 '넵넵'이라는 메시지를 보내고 결혼에 관한 글을 쓰기 시작했다. 그런데 여기에 쓴 결혼에 관한 내용은 반은 진실이고 반은 거짓이다. 왜냐하면 이 내용을 같이 사는 아내도 볼 게 뻔한데 세상에 어떤 남편이 그런 위험을 무릅쓰고 진실만을 쓰겠는가. 그리고 결혼은 같이 사는 아내와 겪는 일이라 나 혼자만의 생각을 쓰기에도 힘든 부분이 있다. 사람 말은 양쪽 다 들어 봐야 하는 거니까.

내가 생각하는 결혼이란 이렇게 결혼에 관한 글을 쓰는 것과 같다. 모든 진실을 글에 담을 수 없듯이 하고 싶은 말을 다 하고 살 수 없는 게 결혼 생활이다.

부부 상담을 다루는 프로그램을 보면 이혼 사유가 될 정도의 중요한 일들을 속이는 경우도 있던데 물론 그런 중대한 일은 속이면 안 되지만 아주 사소한 것들은 어느 정도 숨겨도 되지 않을까? 예를 들면 아내가 고생해서 요리를 해 줬을 때 맛이 없어도 아주 맛있게, 감사함을 느끼며 먹는 것 같은. 그런 것들은 좀 속마음을 숨겨도 괜찮지 않을까 생각한다.

몇 줄 위에서 결혼은 하고 싶은 말을 다 하고 살 수 없는 것이라고 했지만 다른 말로 하면 이건 이해심의 문제라고 생각한다. 결혼은 정말 많은 이해심이 필요하다. 서로 수없이 양보하고 이해해야 화목한 결혼 생활을 만들 수 있다. 이해심이야말로 결혼에서 가장 중요한 덕목이다.

그런데 이 글은 진짜 아내가 보면 안 될 것 같다. 어제 정말 사소한 일로 싸우고 하루가 지난 지금까지 한마디도 안 하고 있는데 결혼은 이해심이니 뭐니 쓰고 있으니…… 아내가 보면 아마 내 뒤통수를 갈겨 버리고 싶을지도 모르겠다. 결혼은 실전이다. 그러니 다들 실전에 임해 보자.

우리는 6년 차 부부다. 누군가 나에게 결혼 생활은 잘하고 있는지 물어보면 그럭저럭 잘하고 있다고 말할 수 있을 정도로 잘 지내고 있다고 생각한다. 물론 좋을 때도 있고 다투기도 하지만 다른 부부처럼 잘 극복해 나가며 지내고 있다.

배우자와 다투었을 때 그 자리에서 바로 풀어야 직성이 풀리는 사람이 있고 시간을 두고 혼자 가만히 두어야 풀리는 사람이 있다. 나는 전자고 아내는 후자다. 그래서 처음에는 너무 힘들었다. 나는 그 자리에서 풀고자 말꼬리를 잡고 늘어지며 대답을 강요했다. 아내는 그런 나에게 점점 질려했고 그러다 지치면 마음을 풀곤 했다.

다툰 후에는 마음을 정리하는 것도 매우 중요하다. 원망과 증오는 남겨 두면 안 된다. 그런 마음을 비우는 것은 상대방이 도와줄 수 없고 나 스스로만 할 수 있다. 안 좋은 감정을 털어 버리고 비워 내야 그 골이 깊어지지 않는다.

내가 스스로 이 마음 비우기를 할 수 있게 된 계기가 있다. 하루는 아내와 다투고 난 다음 날 아내는 출근을 하고 나는 빨래를 개고 있었다. 아내의 작은 양말을 개던 중이었는데 그 조그마한 양말을 개다 보니까 아내에게 미안한 마음이 몰려왔다. 이렇게 발이 작고 연약한 사람을, 내가 보호해 주지는 못할망정 미워하고 있었구나 하는 생각이 들면서 너무 후회가 됐다. 그렇게 양말을 보며 아내를 미워하던 마음을 비우고 나니 오히려 내 마음이 너무 편했다.

마음을 비우는 것은 다툼에서 지는 것이 아니라 우리를 위한 길이었다. 그 뒤로 아내와 다투고 난 후에도 옆에서 자는 아내의 차가운 발이 느껴지면 마음이 금세 풀어지곤 했다. 그런데 그것도 몇 년이 지나고 나니 다툰 다음 날에는 양말만 봐도 화가 난다. 결혼은 이런 것……. 나도 아직 잘 모르겠다.

양말 요법이 통하지 않게 되자 싸운 후 마음을 다스리기가 어려웠다. 그래서 나는 여러 가지 방법을 생각했는데 그중에 하나가 아내를 처음 만났을 때로 되돌아가는 것이었다. 아내에게 화가 나는 기분이 들면 눈을 감고 생각했다.

'준우야, 니 처음에 와이프 만났을 때를 생각해 봐라. 어떻게든 꼬실라고 온갖 귀찮은 일도 다 하고 맨날 꽃 사 들고 선물 사 들고

데이트 한번 할려고 별짓을 다 했는데 이제 결혼했다고 이렇게 매몰차게 할 거가? 니가 인간이가? 어? 와이프는 니만 믿고 결혼했는데, 니 그럴 꺼가?'

　이렇게 스스로에게 크게 호통을 치면 어느 정도 아내를 향한 화가 누그러들었다. 효과가 확실했다. 그리고 사랑을 시작했을 때처럼 애틋한 마음도 가슴속에 차올랐다. 처음에는 아내의 마음을 얻으려고 얼마나 애썼는데 이제 와서 이렇게 화내고 싸우는 건 좀 비겁한 행동 같았다. 그런데 걱정인 건…… 이것도 몇 번 하고 나서 효과가 없으면 어쩌지…….

# 아파트라는 신세계

× 중완

누구나 그렇겠지만 신혼집을 구하면서 참 많은 고민이 있었다. 망원동 옥탑방에 살면서 생긴 좋은 추억들이 많아 나만 생각한다면 이곳을 떠나고 싶지 않았다.

그래서 처음에는 망원동 일대의 주택을 알아보고 다녔다. 하지만 워낙 오래된 동네라 주차가 늘 문제였고 나중에 태어날 아이까지 생각한다면 안전상 아파트가 더 좋을 것 같았다. 그렇게 결국 유부남 육중완의 첫 집은 아파트로 정해졌다.

아파트로 이사하고 얼마 뒤 나는 내가 내 집이 어디 있는지 찾지 못하는 신세계를 경험했다. 늦은 저녁, 스케줄을 마치고 아파트 입구에 들어서는데 갑자기 아파트 동호수가 기억나지 않았다. 빽빽하게 들어서 있는 높은 건물들을 쳐다보며 아내에게 들었던 집 동호수를 한참 떠올렸지만 도저히 생각이 나지 않았다.

똑같이 생긴 수많은 아파트 속에서 숫자 몇 개를 기억 못 해서 집을 찾지 못하는, 차마 웃을 수 없는 일이 벌어진 것이다. 아내에게 전화해 물어볼 수도 있었지만 아직은 나의 멍청함을 들키기 싫었던 신혼 초였기에 죽기 살기로 기억해 내려고 애썼다.

처음 이사하던 날로 돌아가 아내와 같이 걸어 들어왔던 길을 생각하며 아파트 입구부터 차근차근 기억의 발자취를 따라갔다. 그랬더니 드디어 익숙한 공동현관 앞에 다다라 있었다. 참 대견한 순간이었다.

그런데 문제는 거기서 끝이 아니었다. 산 넘어 산이라던가. 집 동호수도 기억하지 못하는데 공동현관 비밀번호를 알고 있을 리 없었다. 다행이도 그 사이에 집 호수가 기억나 호수를 누르고 호출 버튼을 눌렀다. 그러고는 동그란 카메라를 어색하게 쳐다보며 얼굴을 가까이 대고 서 있었다. 몇 번 신호가 울리고 이내 공동현관이 스르륵 열렸다. 성공!

그렇게 엘리베이터를 타고 무사히 집 앞에 도착했다. 역시나 기억나지 않는 집 비밀번호를 가볍게 무시하고 바로 초인종을 눌렀다. 문이 열리고 이제야 집에 들어가는구나 싶었는데 낯선 꼬마가 고개를 빼꼼 내밀더니 "어떻게 오셨어요?"라고 하는 게 아닌가. 난 순간 당황해서 "여기 우리 집인데요."라는 바보 같은 말을 내뱉어 버렸고 꼬마에게서는 "여기 저희 집인데요?"라는 당연한 대답이 돌아왔다.

거기서 끝이었으면 조금 덜 창피했을 텐데, 어이없게도 난 그 꼬마에게 "그럼 저희 집은 어디에요?"라고 물었다. 꼬마는 옆 동의 같은 호수를 얘기하며 나도 모르는 우리 집을 가르쳐 줬다. 그렇게 험난했던 귀갓길이 끝이 났다.

며칠 뒤 그 꼬마를 동네에서 우연히 마주쳤다. 서로 눈이 마주치자마자 웃으며 반갑게 인사를 나눴다. 그러고는 계속 궁금했던 걸 물어봤다. 그때 왜 문을 열어 줬는지와 이사 온 지 얼마 안 된 우리 집 동호수를 어떻게 알고 있었는지.

그 꼬마는 벨이 울리고 카메라 앞에 연예인이 서 있기에 신기하기도 하고 혹시 〈한끼줍쇼〉 같은 예능 프로그램을 촬영하나 싶어서 열어 줬다고 했다. 그리고 우리 집을 알고 있었던 건 내가 이사 오기 전부터 몇 동 몇 호를 계약했다는 소문이 동네에 파다했다고……

아파트로 이사 와서 좋은 점도 있다. 옥탑방에 살 때는 늘 감기를 달고 살았는데 아파트로 이사 온 후부터 감기는 잘 안 걸린다. 무더운 여름이 와도 아파트에서는 집 안에만 있으면 그렇게 덥다고 느끼지 않는다. 여름과 겨울이면 더위와 추위를 피해 찜질방으로 도피하곤 했던 옥탑방과는 천지 차이다.

주차 걱정을 안 하게 된 것도, 24시간 꺼지지 않는 CCTV와 경비 아저씨들 덕분에 몇 날 며칠 집을 비워도 불안하지 않은 것도 아파트의 매력 중 한 가지다. 다만 나처럼 집에서 아이와 함께 뛰어놀고 싶고 노래 부르고 싶어 하는 사람은 갑갑함을 느낄 수 있다. 결론적으로 아파트도 좋지만 늘 축제 분위기를 꿈꾸는 나에겐 단독주택이 어울린다.

언젠가는 안전한 동네에 작은 마당과 주차장이 딸린 단독주택으로 이사하는 꿈을 꾼다. 아이와 함께 마당에서 실컷 뛰놀고 소음 신경 쓰지 않고 기타 치며 노래 부르고 춤추는 상상을 해 본다. 내 음악 작업실과 아내의 비밀 공방, 아이의 놀이방까지 만들 수 있는 넓고 튼튼한 집. 아마…… 많이 비싸겠지?

# 아저씨의 생일 파티

× 준우

40대가 되니 생일을 조용히 보내는 게 좋아졌다. 어렸을 때는 친구들을 불러 모아 밤새 술을 마시고 와자지껄 떠들며 인싸력을 뽐내는 파티를 벌였다. 하지만 그런 파티도 20년쯤 하다 보면 특별할 게 없다. 오히려 생일 축하 노래를 부르고 케이크 촛불을 끄는 행위들이 부끄럽고 민망하게 느껴졌다. 그래서 이제는 더 이상 생일 파티를 하지 않는다.

말은 이렇게 했지만 사실 부끄럽고 민망하기보다 이제는 누구도 나의 생일 따위는 거들떠보지 않을 것 같다는 두려움에 생일

자체를 애써 외면했다. 생일 파티에 지인들을 초대했는데 아무도 오지 않는다면 그 얼마나 무서운 일인가. 그럴 바에는 그냥 생일을 모른 척하며 지내는 게 이 험한 세상에 상처받지 않는 최고의 방법이다.

그렇게 나는 쿨한 사람 코스프레를 하며 생일에 그 누구에게도 연락하지 않고 집에 누워서 뒹굴거렸다. 축하한다고 먼저 연락이 오는 사람도 몇 명 없었다. 음악과 술, 친구들에게 둘러싸여 밤새 놀던 찬란했던 인싸는 어디 가고, 어두운 방구석에서 홀로 쓸쓸히 생일을 보내는 40대 아저씨만 남아 있었다.

솔직히 외로웠다. 누군가 축하해 주기를 바랐고 친구들과 모여서 놀고 싶었다. 하지만 이러한 마음을 겉으로 표현하는 것은 쉽지 않았다. 40대가 되니 점점 용기가 사라졌다. 생일이라는 이유로 누구를 부르는 게 민폐처럼 느껴지기도 했고, 불러도 오지 않을까 두려웠다.

생일이 평일이면 평일이라 부르기가 미안하고, 주말이면 내 생일 따위로 그 사람의 주말을 뺏는 것이 미안했다. 카톡이 없었던 시절에는 전화를 걸어 축하를 주고받으며 약속을 정해 만날 수도 있었지만, 카톡이 대세가 되고 나서는 나조차도 카톡으로 선물을 보내며 텍스트로만 축하를 주고받았다.

그래도 감사한 것은 허전한 생일을 위로해 줄 아내가 있다는 점이다. 광란의 생일 파티는 없지만 아내가 만들어 주는 고소한 미역국과 축하한다는 따뜻한 말 한마디에 꽤 행복한 생일이 된다. 선물은 필요 없다. 이미 한 달 전에 나에게 주는 선물로 게임기를 질렀으니까.

그렇게 외로우면서도 즐거운 생일을 보내고 잠자리에 들었는데 불현듯 엄마 생각이 났다. 나도 생일에 이렇게 외로운데 엄마는 얼마나 외로웠을까 하는 데까지 생각이 미치자 마음이 좋지 않았다.

엄마 생일이 돌아오면 전화나 하고 용돈만 보내드리면 된다고 생각했다. 단 한 번도 엄마의 생일날 엄마와 시간을 보내야겠다는 생각을 한 적이 없었다. 엄마도 생일이 되면 나처럼 설렐 텐데, 친구들 만나서 축하도 받고 촛불도 끄고 싶었을 텐데. 내가 힘든 것만 생각했지 엄마는 언제나 뒷전이었다. 나는 불효자였다.

너무나 미안한 마음에 다음 날 일어나자마자 엄마에게 전화를 걸었다.


[여보세요.]

"엄마, 내다."

[어, 그래. 어제 니 양력 생일이제? 뭐 맛있는 거 묵었나?]

"지윤이가 미역국 끓이 주 가꼬 미역국 먹고 했지."

[어, 그래. 잘했다.]

"엄마…… 엄마, 그런데……."

[와?]

"아니…… 그게 아니고 엄마 작년 생일에……."

[와? 내 작년 생일이 와?]

"엄마 작년 생일에 뭐 했는데?"

[내? 작년 생일에? 엄마 작년 생일에 장구 교실 친구들이 모여 가꼬 생일 축하해 준다 해 가지고, 선생님하고 다 모여 가지고 고기도 묵고 케이크도 불고 했지. 근데 와 그라는데?]

"뭐? 친구들 하고 모여 가꼬 생일 축하했다고? 다같이?"

[그래. 니가 돈도 보내 주 가꼬 맛있는 그 사 묵으따. 친구들이 아들 잘 키았다고 하드라.]

"아…… 친구들 만나서 놀았구나……. 어, 그래. 다행이네. 고기 맛있드나? 엄마."

[어, 오랜만에 고기 묵으니까 옥스르 맛있데, 직이데! 근데 와? 무슨 일 있나?]

"아이다, 별일 읍다. 지금 운전한다꼬 내 나중에 전화할게."

[그래, 알았다이.]


엄마는…… 우리 엄마는 인싸였다. 나와는 달랐다. 내가 괜한 걱정을 했던 것이다. 내 앞가림이나 잘하면 되는데 괜히 센티해져

서는 혼자서 북 치고 장구 치고 다 했던 것이다. 엄마는 장구 교실에서 장구도 치고 민요 교실에서 민요도 배우고 친구들이랑 고기도 먹고 다 했던 것이다. 그래도 다행이다. 엄마가 즐겁게 지내서. 나처럼 혼자서 청승 떠는 것보다는 백 배는 나은 것 같다.

이제는 나도 혼자 청승 떨지 말고 내년 생일에는 인싸처럼 친구들 다 불러서 스탠딩 파티를 해야겠다. 물론 고기도 맛있게 먹을 거다.

# 천사가 태어나던 날

×

중완

천사가 태어났다.

누군가가 태어났다는 이유만으로 눈물을 흘린 적은 그때가 처음이었다. 아무 탈 없이 지상에 내려온 천사를 안았을 때, 내 머릿속은 세상 모든 것에 대한 감사뿐이었다. 품 안에 안겨 있는 아이를 보면 세상 어느 누구도 부럽지 않았다. 자그마한 손과 발이, 소시지처럼 포동포동한 살들이 어찌나 귀엽던지. 그리고 냄새는 어찌나 달콤하던지.

눈 한 번 마주친 걸로 웃음이 저절로 나오고 모든 걸 다 줘도 아깝지 않은 그런 존재가 있다는 건 너무 놀라운 일이었다. 그래서 난 문득 이런 생각이 들었다.

'아, 이게 진짜 사랑이구나!'

아이가 자라는 걸 보면서 많은 걸 깨닫는다. 그중 하나가 처음부터 나쁜 아이는 없다는 것이다. 아이는 모든 것을 세상과 어른들로부터 배운다. 그래서 작은 것 하나도 조심하게 만든다. 친한 친구를 만나면 자연스레 나오던 거친 말투를 고치고 사랑해 마지 않던 오토바이를 정리하게 만든 귀한 존재다.

난 그렇게 조금 더 착한 사람이 되어야만 했다. 그러지 않으면 나 때문에 이 행복한 가정이 파괴될 수도 있다는 교훈을 얻게 된 사건이 하나 있었다. 일과 사람에 대한 욕심이 참 많았던 나는 그 것이 나의 미래와 가정을 지키는 일이라고 생각했다. 사고 치지 않고 일만 열심히 하면 다 되는 줄 알았다. 하지만 내가 놓치고 있는 것이 있었으니, 그건 바로 가족과 보내는 시간이었다.

나는 말 못 하는 아이와 24시간을 함께한다는 것이 얼마나 힘들고 답답한 일인지 전혀 몰랐다. 아내가 사랑하는 아이와 하루종일 함께 있는 건 행복한 일이라고만 생각했지 180도 변해 버린 아내의 삶에 대해서는 하나도 생각하지 못했다. 퇴근 후 집에 들어와 천사처럼 자고 있는 아이를 보면서 '오늘도 예쁘네' 하며 마냥 즐거워했던 내가 아내의 힘듦을 알 리 없었다.

어느 날 늦은 저녁 공연을 마치고 스태프들과 수고의 의미로 삼겹살집에서 뒤풀이를 했다. 서로에게 오늘 하루도 고생 많았다며 잔을 부딪치는 즐거운 시간이었다. 자리가 끝나고 집에 도착해 혹시나 아이가 깰까 조심히 현관문을 열고 들어갔는데 깜깜해야 할 거실에 환하게 불이 켜져 있었다.

거실에는 곤히 자고 있는 아이와 그 아이를 바라보고 있는 아내가 있었다. 그런데 아내에게서 평소와는 다른 분위기가 느껴졌다. 마치 넋이 나간 사람처럼 보였다. 사랑스러운 아이를 무표정으로 멍하게 바라보는 아내를 보며 순간 머릿속에 '산후 우울증'이라는 단어가 떠올랐다.

덜컥 겁이 났다. 아내에게 다가가 어깨를 흔들며 눈을 맞췄다. 많이 힘드냐는 말이 끝나기도 전에 눈물을 쏟아 내는 아내는 연신 고개를 끄덕였다. 그때까지 나는 '집에서 천사 같은 아기를 돌보며 살림하는 것이 뭐가 그리 힘들까, 밖에 나가 돈 벌어 오는 게 더 힘들지' 하는 멍청한 생각을 하고 있었다. 우느라 말을 잇지 못하는 아내의 모습은 내게 큰 충격이었다.

그날 이후 나는 남편으로서 또 아빠로서 달라져야만 했다. 학창 시절 선생님과 부모님 말씀을 더럽게 안 들었던, 꿋꿋하게 내가 하고 싶은 것만 하며 살았던 나는 이제 더 이상 없었다. 소중한 가정을 지키기 위해서는 스스로 변화해야 했다.

그로부터 몇 년간은 일 외의 모든 술자리와 모임에 나가지 않고 가정과 육아에만 집중했다. 간혹 섭섭해하는 사람들이 있었지만 어쩔 수 없었다. 아내와 아이의 행복이 우선이다 보니 지인과의 통화는 늘 언젠가 다시 만날 날을 기약하는 것으로 끝이 났다.

본격적으로 육아 전선에 뛰어든 나는 스케줄을 마치면 바로 집으로 향했다. 음악 작업은 최대한 타이트하게 끝냈고 모든 일정을 아내와 아이에게 맞췄다. 그렇게 한 달을 지내다 보니 나에게도 우울증이 찾아오는 것 같았다. 육아를 하면서 느낀 건 정말 쉴 틈이 하나도 없다는 것이다. 나만의 자유는커녕 내 예상대로 되는 게 단 하나도 없었다. 계획했던 시간에 맞춰서 할 수 있는 일이 없다는 건 사람을 참 지치게 만들었다.

자유 시간이 없는 것보다 더 힘들게 하는 건 체력이었다. 하루 중 유일하게 육아에서 해방되는 시간인 스케줄을 하러 가는 시간에도 육아의 피로가 어깨에 매달려 왔다. 이동하는 차에서는 곯아떨어지기 일쑤였고 오만상을 한 얼굴은 쉽게 펴지지 않았다.

아이가 없는 사람들은 스케줄 좀 줄이라는 속 모르는 소리를 했지만, 아이가 있는 선배들은 바로 "육아 힘들지?"라고 위로의 말을 건넸다. 어른들이 아이를 낳을 거면 빨리 낳으라고 했던 말을 겪어 보고 나서야 무슨 얘긴지 깨달았다. 나이 마흔에 시작한 육아는 생각보다 쉽지 않았다.

내가 힘든 만큼 아내의 웃음은 금방 돌아왔다. 웃는 아내를 보면서 내 선택이 옳았구나 싶어 안도도 했지만 순간 이런 생각도 들었다. 그때 아내가 우울한 연기를 했던 건 아닐까? 너도 한번 당해 봐라 하는 마음으로……. (설마?!)

다행히 아이는 무럭무럭 자랐고, 지금은 의사소통이 가능한 다섯 살이라 할 만하다. 육아 선배들이 말하길 곧 더한 것이 온다고 하지만 그때도 나는 슬기롭게 잘 헤쳐 나가리라 믿는다.

아이가 태어난다는 건 너무나 큰 행복과 축복을 가져다준다. 그만큼 어른으로서 더 많은 책임을 져야 한다는 생각을 요즘 들어 종종한다. 지금도 열심히 일하고 육아하며 살고 있지만 앞으로도 사랑하는 가족을 위해 나의 자유로움은 잠시 내려놓으려고 한다. 언젠가 그 자유로움이 다시 내게 찾아올 때까지. 지금 아이가 다섯 살이니까…… 앞으로 15년 후쯤이면 되려나……? 아, 그때 나 환갑이네…….

# 이별도 연습이 되나요

× 준우

반려동물 인구 천만 시대. 나 역시도 반려견 두 마리를 키우고 있다. 견종은 잉글리시 불도그로 이름 봉식이와 별이다.

사실 나는 스무 살 무렵에 앞으로 절대 개를 키우지 않겠다고 맹세한 적이 있다. 우리 집안은 내가 어릴 때부터 계속 반려동물을 키웠다. 어린 시절을 떠올리면 항상 개나 고양이가 방 한구석에 자리하고 있었다. 스무 살 무렵, 애지중지 키우던 강아지를 급성질환으로 마음에 준비도 못 하고 보낸 일이 있다. 그 아이를 묻어 주고 오는 길에 나는 술을 진탕 마시고 눈물 콧물이 범벅된 얼굴로 고래고래 소리를 지르며 다시는 개를 키우지 않겠다고 맹세했다.

그렇게 눈물의 맹세를 한 후 나는 길에서 아무리 귀여운 강아지가 지나가도 눈길 한번 주지 않았고 지인의 개가 아무리 예뻐도 단 한 번도 쓰다듬어 주지 않았다. 다시는 상처받지 않기 위해서 어쩔수 없는 선택이었고 그렇게 서른이 넘도록 나는 개를 좋아하지 않는 사람 코스프레를 하며 지냈다.

그런데 장미여관으로 데뷔한 후에 봉식이가 깜빡이도 없이 내 삶에 끼어들었다. 반려동물과 같이 사는 관찰 예능에 출연했는데 거기서 봉식이를 만난 것이었다. 우리는 잉글리시 불도그 종인 봉식이를 키우는 역할이었다. 몇 개월의 촬영이 끝나고 제작진에게 봉식이를 계속 키우든지 아니면 다시 애견숍으로 보내야 한다는 얘기를 들었다.

고민이 많이 됐다. 반려견을 내 인생에 받아들인다는 것은 반려견의 죽음까지 책임을 져야 한다는 것임을 잘 알고 있었기 때문이다. 그런데 사람의 욕심이나 이익 때문에 봉식이를 도구로 사용하고 이제 그 역할을 다했으니 다시 애견숍으로 돌려보내는 것이 내 양심에 너무나 큰 가책으로 다가왔다. 게다가 봉식이는 이미 너무 커 버려서 분양도 안 될 것 같았다.

결국 나는 눈물 콧물 흘리며 했던 맹세를 깨고 봉식이를 키우기로 결정했다. 그렇게 봉식이를 데려온 후 가정 분양으로 같은 견종인 별이를 입양하게 됐고 우리 네 식구는 행복하게 10년을 함께했다.

함께하는 행복이 있으면 이별의 고통도 있기 마련이라고 하던가. 그 이별이란 놈이 조금씩 얼굴을 내밀기 시작했다. 별이는 몇 달 전 유선종양으로 큰 수술을 했고, 봉식이는 만성신부전 1기 진단을 받았다. 별이는 다행히도 초기에 발견해서 다른 장기에 전이가 되거나 하지 않았다. 초기에는 수술만 잘하면 괜찮다고 6개월에서 1년에 한 번씩 추적 검사만 하면 된다고 했다.

그런데 문제는 봉식이였다. 검사 결과 봉식이의 신장 수치는 16이었다. 정상 범위는 0~14로 16이면 1기에 해당하는데, 1기에서 말기인 4기로 진행되기까지는 개마다 다르지만 2년에서 4년 정도 걸린다고 했다. 눈앞에 이별이 다가온 것이다. 상자 속에 꼭꼭 담고 자물쇠를 달아 마음 한구석에 처박아 두었던 이별 상자가 열리고 말았다.

나는 이런 상자가 몇 개 더 있다. 할머니 상자와 부모님 상자다. 언젠가는 그 두 상자가 열릴 때가 올 것이다. 그 전에 마음의 준비를 해야 하는데 아직까지 나는 그것들을 외면하고 모른 척 지내고 있다. 하지만 아무리 모르는 척을 해도 마음 한구석에 그 상자들의 무게가 느껴진다.

누구나 한 번은 겪어야 하는 죽음이지만 나에게는 그런 일이 생기지 않을 거라고 우기고 싶다. 이 삶의 순간이 영원할 것만 같다. 항상 내 곁에는 봉식이와 별이 그리고 아내가 있을 것 같고 고향에 가면 부모님이 언제나 웃으며 반겨 줄 것만 같다. 하지만 마흔이 넘어서고부터는 이 영원할 것 같다는 생각이 점점 사라진다.

40대에 접어들면서 부쩍 주변 지인들의 장례식에 참석하는 일이 늘어났다. 그렇게 한 번 또 한 번 이별을 간접적으로나마 느끼면서 나도 그 이별을 받아들일 준비를 하는 것 같다. 그리고 이런 생각을 할 때마다 마음이 무거워진다.

이별도 연습이 된다면 좋겠다. 올림픽을 앞둔 육상 선수처럼 매일매일 달리기하듯 연습해서 마음의 방어막을 키워 놓을 텐데 말이다. 사랑은 짝사랑이 있으면서 이별은 왜 짝이별은 없는지 아쉽기만 하다. 그런데 아무리 연습을 해도 이별이란 놈은 소리 없는 번개처럼 찾아올 것이다.

내가 가장 평화롭다고 생각하는 순간, 내 마음 구석 깊숙이 숨겨 놓은 이별 상자를 찾아서 활짝 열어 버릴 것이다. 그리고는 "서프라이즈!!!"라고 한마디 남기고 사라져 버리겠지. 그 상자가 열리기 전에 상자와 조금씩 가까워져야겠다. 싫다고 밀어내 봤자 나중에 더 큰 충격으로 다가올 게 분명하니까.

마음 속 상자를 꺼내서 찬찬히 들여다보자. 정성스레 닦아 주고 쓰다듬어 주자. 전화도 한 통 하면 더 좋고. 그렇게 오늘 저녁, 상자와 친해지는 밤이 되기를.

3장

마성의 밴드가 되는 길

# 나만의 통기타가 필요해

× 중완

대학 시절, 공부에는 관심이 없었지만 기타 동아리 활동에는 누구보다 열심이었다. '멜로디'. 이름도 예뻤던 동아리에서 그보다 더 예쁜 여학생 한 명을 좋아하게 됐고 그녀에게 고백하기 위해 누구보다 열심히 기타 연습에 몰두했다.

집과 동아리방만 왔다 갔다 하기를 일주일쯤 됐을 때 유재하의 〈사랑하기 때문에〉 1절을 어설프게나마 칠 수 있었고 드디어 그녀에게 고백하기로 결심했다. 꽃이 활짝 핀 벚나무 아래서 핑크빛 고백을 꿈꾸며 설레는 마음을 안고 만나 줄 수 있냐고 메시지를 남겼는데…… 돌아온 건 남자 친구가 생겼다는 대답이었다.

연애에는 실패했지만 그녀 덕분에 통기타의 매력에 빠지게 됐다. 얼마나 좋은가! 내가 부르고 싶은 노래를 통기타 하나면 멋지게 부를 수 있다는 것이. 살면서 가장 행복했던 순간을 하나 꼽는다면 친구들과 함께 좋아하는 노래를 마음껏 부를 수 있었던, 우리 모두 순수했던 대학교 1학년 시절을 첫 번째로 꼽을 것이다.

그런 시절이 다시는 오지 않는다는 걸 아는 지금의 나는 늘 그때를 그리워하며 술을 마신다. 기타 하나면 세상을 다 가진 것 같았던 우리에겐 발길이 닿는 곳이 모두 무대였다. 광안리 바닷가 백사장에 빙 둘러앉아 해가 지고 다시 뜰 때까지 노래를 부르며 아무 걱정 없이 행복했던 그때, 태어나 처음으로 진짜 하고 싶은 일이 생겼다. 바로 음악이다.

고수는 장비를 탓하지 않는다지만 초보 가수 지망생이었던 나는 가수가 되려면 무엇보다 나만의 기타가 필요하다고 생각했다. 지금은 컴퓨터로 음악 작업을 하는 시대가 왔지만 그때만 하더라도 음악을 하려면 악기 하나 정도는 다룰 줄 알아야 어디 가서 '음악 좀 하네'라고 알아줬다.

부모님께 사 달라고 말하기가 뭐해서 직접 돈을 벌기로 마음을 먹고 곧장 아르바이트를 찾아 나섰다. 나는 이왕이면 예쁜 여학생들이 많이 찾는 커피숍 같은 곳에서 일하고 싶었다. 혹시 운명의 상대를 만나 사랑에 빠질 수도 있지 않을까 기대하며 부산에서 가장 핫한 남포동으로 향했다.

그 시절에는 아르바이트생을 구할 때 〈벼룩신문〉 같은 무가지에 광고를 내기도 했지만 전봇대나 길거리 담벼락에 A4 용지에 쓴 전단지를 붙여 모집하는 게 일상이었다. 남포동 카페 골목을 한참 기웃거려 드디어 내가 희망하던 조건의 가게를 찾았다. 남포동에서도 물이 좋기로 유명한 한 커피숍. 전봇대 붙어 있는 전단지에는 이렇게 적혀 있었다.

「스무 살 대학생 알바 환영, 시급 1,300원, 시간 조절 가능」

완벽했다. 당시 시급이 1,300원이면 나쁘지 않은 금액이었다. 두 달만 고생하면 나만의 통기타가 생긴다는 들뜬 마음에 기운차게 인사하며 가게 문을 열고 들어갔다.

"어떻게 오셨어요?"
"아르바이트 구한다고 해서 왔는데요."
"저희는 대학생 아르바이트생만 찾는데요?"
"……네."

난 스무 살이었고 당당한 대학생이었지만, 대학생 아르바이트생만 찾는다는 사장님의 얘기에 아무 말도 못하고 뒤돌아 나왔다. 대학생인데 대학생이 아닌 것처럼 보였던 나는 현명하게 다시는 커피숍 문을 두드리지 않았다.

집으로 돌아오는 길에 〈벼룩신문〉을 찾아봤다. 때마침 내가 다니는 학교 근처에 위치한 분식집에서 홀 서빙을 구한다는 광고가 있었다. 거기도 '대학생 아르바이트생 환영'이라고 써 있었다. 분식집이니 마음 편하게 전화를 걸었고 가게 일손이 부족했던지 전화를 받자마자 바로 면접을 보자고 했다. 머리에 무스를 한껏 바르고 새로 산 옷을 입고 길을 나섰다.

도착한 가게는 경양식 집이었다. 입구에 들어서는데 얼핏 봐도 손님이 엄청 많았다. 일이 많아 힘들 것 같았지만 기타를 꼭 사고 싶었던 나는 좀 힘들어도 꼭 이 가게에서 일을 하고 싶었다. 무엇보다 예쁜 여대생들이 많이 찾는 가게인 것 같아 더욱더 끌렸다.

문 앞에 어정쩡하게 서 있던 나에게 남자 사장님이 다가와 대뜸 말을 걸었다.


"구인 광고 보고 오셨어요?"

"네, 홀 서빙 구한다고 해서 왔습니다."

"홀 서빙은 다 구했는데 주방에서 일해 보는 건 어때요?"

사장님은 날 위아래로 훑어보더니 홀 서빙은 다 구했다며 (거짓말인지 진짜인지 모르겠지만 진짜였다고 믿고 싶다.) 주방이 시급이 더 세다고 날 살살 구슬렸다. 나는 시급 1,600원에 그날 바로 주방 일을 시작했다.

통기타를 사기 위해 시작한 주방 일의 경험은 나에게 또 다른 인생의 가르침을 주었다. 오래도록 시간을 들여 재료를 손질하고 하나하나 정성스럽게 만드는 음식들을 보며 늘 별생각 없이 사 먹었던 돈가스나 볶음밥 같은 음식들이 달리 보이기 시작했다.

소스 맛은 매일 같아야 하고 밥은 늘 꼬들해야 한다던 고집스런 주방장 형. 오므라이스 위에 덮은 달걀 지단이 흐트러질까 조심스럽게 세팅해 나가는 음식을 보며 엄마가 늘 말씀하셨던 음식 귀한 걸 알게 됐다.

통기타를 살 수 있는 돈이 모였을 때 주방장 형의 '멋진 가수가 될 거야'라는 힘찬 응원을 받으며 가게를 그만두었다. 음식의 소중함을 알게 해 준 주방장 형. 지금은 맛집으로 소문난 가게의 사장님이 되어 있지 않을까?

# 비밀 공부방 세 선생님

×
중완

 스무 살의 나는 잘 씻지도, 잘 먹지도 않고 맨날 동아리방에서 쉰내 풀풀 풍기며 살았다. 가수를 꿈꾸며 노래만 불러도 배가 부른 때였던 것 같다. 열정 가득한 모습이 기특했는지 아님 안쓰러웠는지 선배들은 나를 늘 잘 챙겨 주었다.

 밥 사 주고 술 사 주는 선배들도 고마웠지만 내가 기다리는 선배들은 따로 있었다. 바로 부산에서 통기타 라이브 가수로 활동하는 선배들이었다. 한번씩 동아리방에 놀러 와서 연습 삼아 통기타를 연주하고 노래 부르는 모습을 지켜보는 것은 내게 유일하게 음악을 배우는 시간이었다.

취미로 연주하는 기존 동아리 선배들과 수준이 달랐다. 돈을 받고 노래를 하는 프로 가수들이라 그런지 바로 앞에서 듣고 있자면 노래도 기타 연주도 TV에 나오는 가수들보다 더 뛰어난 것처럼 느껴졌다. 요즘 같이 체계적으로 배울 수 있는 실용음악과나 음악 학원이 흔치 않았던 시대라 직접 귀동냥을 해 가며 배우는 수밖에 없었다.

그 당시 가수로 활동하던 선배 중에 김규태라는 선배가 있었다. 이 선배에게서는 자유로운 영혼이 느껴졌는데, 남들 시선 따위는 신경 쓰지 않고 자신이 느끼는 대로 세상을 사는 보헤미안 같은 기질이 있었다. 난 그런 야성미 넘치고 거친 규태 선배가 좋았고 선배처럼 인생을 지금보다 더 자유롭게 살아 보고 싶다고 생각했다.

그러던 중 우연찮게 선배와 음악적 동료로 친해지게 된 계기가 생겼다. 추운 겨울이었다. 동아리방에서 밤늦게까지 연습을 하고 쉰 목소리로 콜록거리며 집으로 향했다. 집에 가려면 학교 앞에서 지하철을 타고 남포동에 내려 다시 마을버스로 갈아타야 했는데 마을버스를 타러 걸어가는 길목에서 낯익은 노랫소리가 들렸다.

난 뭐에 홀린 듯 소리가 들리는 곳을 찾아갔고 도착해 보니 작은 라이브 카페 앞이었다. 호프집 건물 입구에 설치된 스피커에서 흘러나오는 낯익은 목소리의 주인공은 규태 선배였다. 그 기타 연주와 노랫소리가 어찌나 감미롭던지 추위에 손발을 호호 불어 가며 노래가 다 끝날 때까지 계단에 쪼그려 앉아 가만히 음악에 취해 있었다.

라이브 카페는 보통 저녁 손님이 많은 피크 시간인 9시, 10시, 11시 이렇게 세 타임으로 나누어 세 명의 가수가 30~40분 정도 노래를 부른다. 규태 선배는 9시 타임에 노래를 불렀고 나머지 시간에는 다른 가수가 노래를 했는데, 그곳은 나에게 세 가수의 노하우를 배울 수 있는 특별한 장소가 되었다. 듣는 것만으로도 배울게 많았던 그곳을 나는 아무도 모르는 나만의 음악 공부방으로 삼았다.

추운 겨울인데도 매일 그 계단으로 출근해 도강 아닌 도강을 했다. 세 가수들의 음악을 훔쳐 듣다 집으로 돌아오면 내가 듣고 느꼈던 감정들을 표현하고자 연습을 하고 또 했다. 그렇게 하루 이틀이 지나고 몇 달이 흐르자 내 연주와 노래도 꽤나 그럴싸해졌다. 그러다 사람들에게 잘한다는 칭찬이라도 들으면 나는 더욱더 열의를 불태웠다.

어느 날 규태 선배에게서 '8282'가 찍힌 삐삐가 왔기에 급하게 공중전화를 찾아 메시지를 확인했다.

[지금 즉시 기타 메고 남포동 가게로 와. 10시까지.]

영문도 모르고 선배의 부름에 기타를 챙겨 곧장 달려갔다. 내심 오디션이라도 보게 해 주려나 하고 평소에 즐겨 부르던 노래의 악보까지 챙겼다. 그런데 막상 가 보니 10시 타임 가수가 사정이 생겨 못 오게 됐으니 나 보고 하루만 땜빵을 하라는 것이었다. (헉!!!)

한두 곡을 부르는 오디션이 아니라 30분 동안 혼자 공연을 이끌어 가기란 말처럼 쉬운 일이 아니었다. 선배는 대수롭지 않은 듯 평소에 네가 즐겨 부르는 노래 중에서 여섯 곡만 하고 내려오면 된다고 했지만 이미 집을 나간 멘탈은 돌아올 생각을 하지 않았다.

늘 즉흥적이었던 인생이라 "네, 선배." 하고 대답은 했지만 속으로는 벌벌 떨며 에라 모르겠다는 마음으로 무대에 올랐다. 그런데 의외로 무대에 올라가니 마음이 차분해졌다. 가게의 근사한 인테리어와 정장 차림으로 홀을 돌아다니는 아르바이트생들이 눈에 들어왔다. 무엇보다 기대에 찬 관객들의 눈빛이 나를 설레게 만들었다.

손에는 땀이 잔뜩 났지만 떨리지는 않았다. 첫 곡부터 눈을 감고 가사에 푹 빠져 노래를 불렀다. 노래 한 곡이 끝나고 눈을 떠 보니 사람들이 나에게 기립 박수를 보내 왔다. 지켜보던 사장님도 아르바이트생도 규태 선배도 모두 나를 쳐다보며 박수를 보냈다.

자신감이 붙어서일까. 30분이 금방 지나갔고 앙코르까지 들어와 한 곡을 더 부르고 난 무대에서 내려왔다. 사장님이 음료수와 일당 봉투를 건네며 함께 일하자고 제안했고 난 얼떨결에 알겠다고 했다. 너무 기쁜 나머지 월급이 얼마인지, 쉬는 날이 어떻게 되는지 아무 조건도 모른 채 당장 시작할 수 있다며 큰소리를 쳤다. 그렇게 난 돈을 받고 노래하는 프로의 길에 접어들었다.

귀동냥으로 만들어 낸 성과는 살면서 나에게 큰 가치로 남았다. 그때의 그 노력이 없었다면 난 무대에 오를 용기조차 못 냈을 것이다. 실력을 쌓아 놓지 않았다면 갑자기 가수가 펑크를 냈을 때 규태 선배는 내 이름을 떠올리지 않았을 거고 기회는 다른 사람에게 돌아갔을 거다. 세상에 대한 경험이 적을지라도 어떤 일에 대한 꿈과 열정이 가득하다면 언제 어디서든 그 해답을 찾을 수 있다고 생각한다. 그때의 난 그 해답을 좁은 계단에서 찾았던 것 같다.

추운 계단에 쪼그려 앉아 엿들을 정도로 음악을 사랑하고 배우고자 했던 마음을 가졌던 그때가 벌써 20년도 더 전의 일이다. 요즘 나를 돌아보면 그때의 열정은 사라지고 하루하루 주어진 일을 처리하기도 바쁜 사람이 되었다.

나이를 탓하면서 핑계를 대는 것인지 아니면 이제는 세상을 좀 알았다는 착각에 빠져 사는 것인지……. 그때와 달리 잃을 게 생겨 겁이 나는 것인지도 모르겠다. 하지만 언젠가는 그때의 열정 가득했던 나로 다시 한번 돌아갈 수 있지 않을까 희망해 본다.

# 험난했던 앨범 제작기

× 준우

중완이 형을 처음 만난 건 부산 라이브 카페에서 노래를 부르던 시절이었다. 같이 어울려 음악 얘기도 하고 술도 마시는 사이로 지내가다 각자 상경을 하면서 소식이 끊겼다.

몇 년 만에 서울에서 다시 만난 중완이 형은 여전히 음악 하나에 인생을 걸고 있었고 나 역시 마찬가지였기에 쉽게 의기투합했다. 앨범을 만들어 보자는 목표를 세운 우리는 일단 서로의 곡부터 끌어모아 몇 곡을 선정했다.

연고 하나 없는 서울에서 앨범을 만들기는 쉬운 일이 아니었다.

우리는 재킷 디자인이나 CD 제작 등 앨범을 만들기 위한 기본적인 작업도 어디서 누가 해 주는지 모르고 있었다. 이런 우리를 하늘도 불쌍하게 여기셨는지 주변에서 알음알음 도와주는 분들이 생겼다.

단골 족발집 사장님과 손님 사이로 처음 만난 지훈이 형은 앨범 제작에 대한 많은 도움을 줬고, 내가 기타 레슨을 하며 강사와 학생으로 만난 관욱이 형은 앨범 재킷 디자인을 도와줬다. 그리고 중완이 형과 둘이 장미여관으로 첫 공연을 했던 인더스트리얼 카바레 사장님인 대철 형님이 재킷 사진 아트 디자인에 힘을 보태 줬다. 힘든 시기에 오아시스와 같은 분들을 만나 정말 큰 도움이 되었다.

그렇게 기본적인 것이 갖춰지고 이제 우리가 녹음만 하면 됐는데 그 녹음이 문제였다. 녹음은 돈이 많이 들었다. 녹음실 렌탈 비용과 녹음 기사 인건비, 세션비, 음원 믹스 비용, 마스터링 등등 돈 들어갈 곳이 한두 군데가 아니었다. 그때 나도 한 달 벌어 한 달 먹고사는 상황이었고 중완이 형은 앨범을 내준다던 나쁜 놈들에게 사기를 당해서 돈이 없었다. 그래서 우리가 내린 결론은 홈 리코딩이었다.

홈 리코딩은 따로 녹음실을 빌리지 않고 집이나 작업실에서 녹음을 하는 방식을 말하는데, 당시만 해도 홈 리코딩 기술에 많은 발전이 있던 시기라 충분히 가능해 보였다. 장비를 더 살 필요도 없이 기존에 데모 작업을 하던 장비로 충분했고 녹음만 좀 더 정성스럽게 하면 되지 않을까 싶었다.

당시 우리는 홍대 상상마당 맞은편 박군네 떡볶이 4층에 살았다. 중완이 형 나 그리고 트로트 작곡을 하는 홍민이 형 이렇게 셋이 같이 살았는데 중완이 형과 홍민이 형은 4층을 쓰고 나는 옥탑방을 사용했다. 내가 살던 옥탑에는 큰 방이 하나 있고 그 안에 화장실과 작은 쪽방이 있는 구조였다.

쪽방은 장롱만 한 크기였는데 여닫이문으로 되어 있었다. 여기를 녹음실로 개조하면 될 거라는 생각에 쪽방 안에 흡음 작업을 하기로 했다. 계란판을 여러 장 붙이고 동대문에 나가서 두꺼운 벨벳 커튼을 사 와 쪽방 안쪽에 빙 둘러 커튼을 달았다. 작업을 하고 보니 울림도 적고 꽤 쓸 만한 공간이 만들어졌다.

그렇게 우리의 첫 번째 녹음실이 완성이 되었고 몇 달에 걸쳐 앨범 녹음 작업도 끝이 났다. 하지만 녹음이 처음이었던 우리의 결과물은 처참했다. 녹음을 하는 장소가 홍대 한복판이었으니 온갖 소리가 다 녹음되어 있었다. 사람들 고함치는 소리, 자동차 빵빵 대는 소리 등등 녹음할 때는 몰랐던 잡음이 그대로 들렸다. 그래도 녹음을 하면서 점점 실력이 늘었던 건지 마지막에 녹음했던 곡은 그럭저럭 들어 줄 만했지만 처음에 녹음했던 곡은 완전 엉망이었다.

그래서 우리는 상의 끝에 모든 녹음을 뒤엎고 처음부터 다시 하기로 했다. 처음의 실패를 교훈 삼아 두 번째 녹음에서는 여러 가지 디테일에 신경을 썼다. 주변의 잡음이 가장 적은 시간대를 골라 최대한 집중해서 녹음했다.

그렇게 총 6개월 정도 걸렸던 녹음이 잘 마무리되고 이제 후반 작업만 남아 있었다. 여러 트랙들을 정리하고 섞어서 들어 보는 시간이 생각보다 좀 걸렸다. 그렇게 몇 달을 후반 작업에 열을 올렸고 드디어 마무리만 하면 완성이었다. 마무리는 마스터링 공정인데 음원의 볼륨을 기존의 상업 곡들과 비슷하게 맞추고 앨범에 들어가는 여러 곡들의 톤을 비슷하게 잡아 주는 작업이다. 이 작업 만큼은 우리가 할 수가 없는 것이라는 판단을 하고 마스터링 업체에 맡겼다.

보통 마스터링 작업실에 음원을 보낼 때는 믹스가 완성된 음원을 보내는 게 정상인데 우리의 사정을 듣고 이해해 주신 기사님께서 리듬 파트, 보컬 파트, 반주 파트 이렇게 세 개로 나눠서 가져와도 된다고 하셨다. 큰 편의를 봐주신 것이라 아직도 감사하게 생각하고 있다.

마스터링까지 끝낸 음원이 들어 있는 CD를 받고 그날 저녁 우리는 기분 좋게 술 한잔을 했다. 빈손으로 서울에 올라와 주변의 도움으로 첫 앨범을 만들어 내고 이제는 잘될 일만 남은 것 같아 꿈에 부풀어 있었다. 주문한 앨범이 집으로 배송되고 계단을 가득 채운 앨범 박스를 보고 있자니 마음이 든든했다.

본격적인 홍보에 들어가기 전에 명함도 만들었다. CD를 몇 장 꺼내 들고 중완이 형과 함께 홍대 클럽을 돌며 홍보를 시작했다. 밴드 공연을 하는 클럽은 하나도 빼놓지 않고 찾아가 CD와 명함을 건네며 공연을 할 수 있는지 물어봤다. 오디션을 봐야 한다는 곳도 있었고, CD를 들어 보고 연락을 하겠다는 곳도 있었다.

우리는 곧 공연을 할 거라는 기대감에 들떠서 연락을 기다렸다. 그런데 두어 달이 지나도록 단 한 곳에서도 연락이 오지 않았다. 냉혹한 현실이었다. 앨범만 만들면 끝인 줄 알았는데 넘어야 할 산이 한두 개가 아니었다. 공연은커녕 오디션도 보기 힘든 상황이었다. 그래서 클럽 대신 작은 카페를 찾아 공연을 시작했다. 인더스트리얼 카바레, 노피디네 콩 볶는 집 등 지인들이 아는 카페를 알음알음해서 소개받았다.

일단 공연을 하기만 하면 반응이 너무 좋았다. 사투리 가사를 붙인 〈봉숙이〉, 〈너 그러다 장가 못 간다〉 등 사람들은 우리가 노래 부르는 걸 보면서 즐거워했고 우리도 사람들을 웃기는 게 좋았다. 그러다 어느 날 밴드 공연을 하는 클럽에서 연락이 왔다. 지금은 사라진 클럽 에반스 라운지였다. 나는 정말 뛸 듯이 기뻤다. 드디어 우리를 불러 주는 클럽이 생겼다는 것에 너무 행복했고 인정받았다는 기분이 들어서 더 좋았던 것 같다. 클럽 공연은 평일과 주말로 라인업이 나눠지는데, 주말(금, 토, 일)은 좀 이름이 있는 팀들이 공연을 했고 평일(화, 수, 목)은 인지도가 낮은 팀이나 신인이 공연을 했다. 기억이 확실하진 않지만 우리는 목요일 공연이었던 것 같다.

첫 공연을 마치자 너무 설레고 행복했다. 관객도 적고 떨기도 많이 떨었지만 우리 이름으로 하는 첫 클럽 공연이라는 의미가 있었다. 어떻게 하면 우리를 각인시킬 수 있을까 고민하다가 장미 코르사주를 가슴에 달고 나가기로 했고 그게 관객들의 기억에 남았던 것 같다.

우리는 이 앨범으로 이름을 알리고 공연을 시작하면서 〈TOP 밴드 2〉와 〈무한도전〉에도 나가게 됐다. 아무도 듣지 않을 거라는 생각에 우리 마음대로 만들었던 앨범이 스트리밍 사이트 상위권에 올랐고 우리 이름이 며칠 동안 인기 검색어에 오르내리기도 했다.

그런데 그 뒤로 우리는 비싼 녹음실에서 최고의 엔지니어들과 함께 작업했음에도 불구하고 이때 만큼의 성적을 거두지는 못했다. 지금에 와서 생각해 보면 그 이유는 간절함에 있었던 것 같다. 중완이 형과 만든 첫 앨범은 정말 간절한 마음으로 최선을 다해서 만들었는데 그 마음을 사람들이 알아준 거라고 생각한다.

그래서 요즘에는 앨범을 만들 때 어떤 녹음실에서 녹음을 하는지, 어떤 엔지니어와 같이 작업을 하는지보다 우리가 이 음악을 통해 사람들에게 어떤 의미를 전달하려고 하는지 더 고민한다. 그리고 어떤 소리가 듣는 사람에게 더 간절하게 가닿을까 생각하고 또 생각한다. 사운드의 퀄리티보다 우리의 진실된 마음을 담으려고 노력 중이다. 아직까지 우리의 음악은 현재진행형이고 앞으로도 그럴 것이다.

# 밴드 장미여관

× 중완

1년 6개월의 준비 끝에 준우와 난 앨범에 들어갈 곡들을 모두 완성했다. 문제는 음악은 만들었지만 팀 이름이 없는 무명의 팀이었다는 것이다. 어디 가서 "~입니다!"라고 자신 있게 소개를 할 수 없으니 선뜻 공연에 나서기도 어려웠다.

그나마 몇 가지 나온 팀 이름도 모두 마음에 들지 않아 우리는 한때 그냥 팀 이름 없이 각자의 이름으로 노래를 불렀다. 당시 팀 이름 후보로 나왔던 이름 중에 '탱크'라는 이름이 기억난다. 탱크라는 이름이 후보로 나온 이유는 단순했다. 바로 멤버가 둘 다 뚱

뚱해서.

그날도 우리는 팀 이름을 정하러 평소에 즐겨 찾던 오랜된 골뱅이 맛집에서 만났다. 둘이 한참을 얘기해 봐도 팀 이름을 정하는 건 여간 어려운 일이 아니었다. 평생 따라다닐 수도 있는 중요한 이름이라 그때 우리는 어느 때보다 신중했다.

"아니다!", "약하다!"를 반복하며 대화를 이어 가던 중 우연히 가게 앞을 지나가는 단골 커피숍 형님을 보게 되었다. "형님~" 하고 부르자 형님은 둘이 여기서 뭐 하냐며 가게 안으로 들어왔다. 우리는 팀 이름을 아직 못 정했다고 하소연하며 별 기대 없이 괜찮은 이름 있으면 하나 추천해 달라고 했다.

"장미여관 하면 되겠네."

"어? 뭐라고요?"

"그냥 이거 하라고. 장! 미! 여! 관!"

형님은 테이블 위에 놓인 여관 홍보 성냥갑을 들어 보이며 시크하게 말하고는 자리를 떠났다. 형님이 나가고 우리는 환호성을 질렀다. 등잔 밑이 어둡다는 말이 딱 맞는 말이었다. 계속 테이블 위에 놓여 있던 성냥갑이었는데 우리는 보지 못한 걸 우연히 지나가다 들린 형이 무심히 발견한 것이다. 그때 우리는 밤새 장미여관을 되뇌며 소름 돋아 했다. 그럴듯하다 못해 완벽한 이름 덕에 조그만 희망의 빛을 볼 수 있었다.

만약 우리가 그때 이름을 탱크로 정했다면 어땠을까? 아마도 장미여관만큼 잘되지는 않았을 것 같다. 지금 생각해 보면 이름은 정말 중요하다는 생각이 든다. 만약 내 이름이 '김민우'나 '이혁'이었다면 얼굴과 한참을 따로 노는 어색한 이름을 어떻게 한단 말인가…… 장미여관만큼이나 육중완도 나와 잘 어울리는 이름 같다. 아버지는 내 이름을 어떻게 이렇게 얼굴과 덩치에 딱 맞게 지으셨을까? (ㅎㅎㅎ)


2011년 장미여관이 드디어 세상에 나왔다. 처음에는 준우와 단둘이 시작했던 것에서 준우의 소개로 드러머가 합류했고, 나중에 기타와 베이스까지 채워지면서 다섯 명의 멤버로 7년을 함께한 밴드다.

나이는 조금 있었지만 각자 연주들을 오래했던 터라 음악에도 자신이 있었고 팀 이름도 완벽했기에 우리는 어느 무대에서든 당당했다. 언제나 최선을 다했던 그때의 난 사람들이 우리를 어떻게 생각할지에 대한 궁금증이 많았다. 무대에 오른 모습이 늙은 아저씨처럼 보이지는 않는지, 우리의 음악이 사람들에게 어떻게 받아들여질지 몹시 궁금했다.

늦은 나이라 조급했던 나는 공연이 끝나면 공연을 보러 온 지인들에게 꼭 물어봤다. 우리 팀 어떠냐고, 솔직하게 말해 달라고. 그때 주위 사람들은 나에게 늘 이렇게 말해 줬다.

"너희 밴드는 최고야."

물을 때마다 돌아오던 긍정적인 말 덕분에 장미여관으로 먼 미래의 그림까지 그릴 수 있었다. 그때의 나에게는 그 칭찬들이 가장 큰 원동력이었다.

준우와 나, 그리고 드러머 형까지 세 명이 활동하던 시절, 클럽 공연을 일곱 번 정도 했을 때 쯤 리더였던 준우가 오디션 프로그램인 〈TOP 밴드 2〉에 나가자고 제안을 했다. 클럽 공연에서 반응이 나쁘지 않았고 조금씩 팬들이 생겨나는 시점이었지만, 나와 드러머 형은 바닥을 조금 더 탄탄히 다져서 대중 앞에 서는 것이 좋지 않겠냐며 반대했다.

하지만 준우는 확신이 있었는지 오디션 프로그램에 나가길 간절히 원했다. 아마도 잘할 수 있다고 믿었던 것 같다. 그렇게 의견 일치를 보지 못했고 당연히 나가지 않는 걸로 생각하고 있었는데, 어느 날 준우가 반대하던 우리의 의견을 무시하고 클럽에서 연주했던 〈봉숙이〉 영상을 1차 예선에 내보낸 걸 알게 됐다. 드러머 형과 나는 왜 혼자 마음대로 결정했냐고 따졌지만 속으로는 지금까지 내가 음악을 잘해 왔는지 확인해 보고 싶기도 했다.

결과 발표 날. 장미여관은 전국의 수많은 팀들 중 99팀 안에 들었다. 예선을 통과한 건 기쁜 일이었지만 한 번도 해 보지 않은 경연에 걱정이 앞섰다. 이제 갓 앨범이 나와 두세 달 정도밖에 합을 맞추지 못한 팀이라 내로라하는 다른 팀들과는 격차가 많이 날 것이라는 생각 때문이었다.

세 명이었던 우리는 다른 팀들과 격차를 좁히기 위해 베이스와 기타를 영입했다. 그렇게 다섯 명이 된 우리는 얼마 남지 않은 2차 오디션을 위해 밤낮없이 합주에 열을 올렸다.

노력의 시간들이 지나고 드디어 장미여관의 2차 경연 무대가 시작됐다. 우리는 2차 예선 때 〈봉숙이〉를 불러 심사위원에게서 호평을 받았다. 나이만 먹었지 세상 경험이 많지 않은 나에게 경연이란 참 냉정했다. 마치 이제야 조금 알 것 같은 치열한 우리들의 인생 같았다.

음악이 전부인 사람들이 몇몇 심사위원들의 결정으로 승패가 갈리는 것은 매우 잔혹한 경험이었다. 승자와 패자를 막론하고 모두에게 음악이 얼마나 귀하고 소중한지 잘 알고 있기 때문에 이겨도 져도 마음은 안 좋았다.

장미여관은 운이 좋게 2차 예선에서 합격을 했다. 처음으로 다섯 명이 함께 둘러서서 꼭 끌어안았던 감동적인 순간이었다. 아직도 기억이 생생하다. 2012년 5월 5일 방송된 〈TOP 밴드 2〉에서 장미여관의 무대가 처음으로 전파를 탄 후 수많은 기사가 쏟아졌다. 평소에 연락을 자주하던 사람들은 물론, 소식이 끊겼던 사람들과 돈을 빌려간 친구까지 나를 아는 거의 모든 사람들이 축하를 해 줬다.

시청률은 2%가 채 안 됐지만 첫 방송이 나간 것만으로도 그 파급력이 광장했다. 그때 처음으로 '방송이란 게 대단한 거였구나'라고 느꼈다. 무섭도록 걸려 오는 공연 섭외 전화가 꿈인지 생시인지 헷갈릴 정도로 현실이 아닌 것만 같았다.

아마 그때 장미여관 멤버들은 모두 같은 마음이었을 거다. 오랜 시간 음악 한다고 가족들에게 걱정만 끼쳤는데 처음으로 가족들에게 떳떳한 사람이 되었다. 스스로에게도 가장 자랑스러웠던 순간이었다.

〈TOP 밴드 2〉에서 우승을 하진 못했다. 하지만 수많은 밴드와의 경연을 통해 많은 걸 배웠다. 그리고 아무도 몰랐던 장미여관이라는 팀을 조금은 알렸으니 그걸로 만족하며 경연장을 내려왔다.

8강 무대를 끝으로 방송에서 빠지면 모든 게 제자리로 돌아올 줄 알았다. 그런데 장미여관의 이름과 음악이 생각보다 많은 사람들의 머릿속에 각인됐는지 공연 스케줄은 줄지 않았고 라디오 섭외까지 들어오기 시작했다.

〈TOP 밴드 2〉 이후 우리에게는 매일매일 행복한 순간들만 가득 했다. 분에 넘치는 사랑도 많이 받았다. 팬클럽이 생기고 늘 꿈만 꿔 왔던 멋진 무대와 방송까지 마음껏 해 봤던 것 같다.

밴드 장미여관은 2011년 11월 11일부터 2018년 11월 12일까지 7년간의 활동을 끝으로 마무리를 했다. 믿기지 않겠지만 정말 꿈을 꾼 것만 같다. 그때가 꿈인지 지금이 꿈인지 아직도 헷갈릴 때가 많다.

내 인생에서 청춘의 마지막 종착지는 장미여관이었을 것이다. 소중한 추억이 많은 만큼 아픔의 상처도 있었지만 살면서 한 번도 경험하지 못했던 인생의 희로애락을 모두 알게 해 준 감사한 존재임에는 틀림없다.

백발 노인이 되어서도 멋진 슈트에 빨간 코르사주를 달고 무대에 오르는 행복한 꿈을 꿀 때도 있었는데 그러지는 못하게 됐다. 얄궂은 인생이여!

마지막으로 이 기회를 빌려 7년간 밴드 장미여관을 사랑해 주신 모든 분들께 진심으로 감사하다는 말을 전하고 싶다. 해체를

하고 나니 감사한 분들도 많았지만 죄송한 분들이 더 많다는 것
도 알게 됐다. 나의 이런 마음이 진심으로 가닿기를 바란다. 정말
감사하고 죄송했습니다.

# 봉숙이

× 준우

우리는 〈봉숙이〉라는 곡으로 대중에게 이름을 알리기 시작했다. 첫 시작은 정말 단순했다. 중완이 형과 첫 미니 앨범을 만들 때 어떻게 해야 대중에게 우리를 어필할 수 있을까 많은 고민을 했다. 그렇게 고민에 고민을 하다가 갑자기 이런 생각이 들었다.

'내 돈으로 내가 내는 앨범인데 왜 주변 사람을 이렇게까지 신경 쓰면서 만들어야 하지? 어차피 아무도 안 들어 줄 음악인데 그냥 내 맘대로 만들자.'

고민을 너무 많이 했던 탓인지 조금은 꼬인 마음이 들었다. 그런데 실제로도 그때 인디 밴드의 음악은 정말 마니아적 인 장르였고 들어 주는 사람도 극히 적었다. 그것도 이름이 있는 인디 밴드나 팬들이 있었지, 우리처럼 처음 시작하는 밴드는 거의 아무도 안 들어 준다고 생각해도 과언이 아니었다.

그래서 나는 그냥 내 마음대로 음악을 만들기로 했고, 나오는 대로 <봉숙이>의 가사를 썼다. 정말 마음대로 썼다. 그리고 이 말도 안 되는 가사를 사람들이 한 번에 이해하지 못했으면 하는 마음도 들었다. 그래서 부산 사투리로 가사를 쓰고 발음을 프랑스어처럼 불렀다. 그러고 나니 영락없는 샹송이었다. 혹시나 누군가 이 노래를 듣는다면 알아듣기 힘든 이 가사와 발음 때문이라도 노래에 대한 궁금증이 생겼으면 하는 마음이었다.

그런데 그게 통했다. 사람들은 우리의 노래에 대해 궁금해했고 결말이 없는 노래 가사에 각각 결말을 상상하기 시작했다. 노래 가사라면 예쁘거나 시적일 거라는 고정관념에서 벗어나 B급 감성의 가사를 붙여 장난처럼 불러 젖히니 소위 말하는 지식인들이 더 좋아했다. 기존의 틀을 깬 것이 대중에게 더 어필한 것이었다.

그렇게 간간이 공연을 하고 뒤풀이를 할 때면 사람들은 우리에게 천재라고 했다. 어떻게 그런 생각을 했냐고, 너무 기발하다며 칭찬을 해 주었다. 그럴 때마다 나는 어떻게 해야 될지를 몰랐다.

물론 감사하다고 인사를 하고 점잖게 생각 많은 음악인인 양 있어도 됐지만, 사실은 '에라이, 내 돈으로 하는 음악인데 내 맘대로 만들고 가사도 막 쓰자!'라는 게 팩트라 천재라는 말은 나를 너무 부끄럽게 만들었다.

그러다가 밴드 오디션 프로그램인 〈TOP 밴드〉가 시즌 2를 한다는 말을 들었고 나는 그 오디션에 꼭 참가하고 싶었다. 그래서 합주 중에 멤버들에게 경연 프로그램에 나가 보는 게 어떻겠냐고 물었는데 멤버들의 대답은 부정적이었다. 밴드를 만든 지 3개월도 되지 않았는데 수년을 함께한 밴드가 수두룩한 오디션 프로그램에서 우리는 게임이 되지 않을 거라는 의견이었다. 완고한 대답에 나도 알겠다고 수긍하고 집으로 돌아왔다.

그런데 참가 신청 마지막 날 밤, 집에 누워 있는데 왠지 이대로 오디션을 포기하면 너무 아쉬울 것 같다는 생각이 내 머릿속을 꽉 채웠다. 마감을 몇 시간 남겨 두고 멤버들과 상의 없이 오디션 신청 동영상을 방송국 메일로 보내 버렸다. 정말 운 좋게도 예선을 통과했고 그렇게 우리는 이 프로그램을 통해서 대중에게 이름을 알리게 됐다. 첫 회가 방송된 후 일주일 동안 검색어에서 우리 이름이 내려가지 않았다.

처음으로 이렇게 좋은 결과가 나오니까 다음 앨범에 대한 사람들의 기대가 커져만 갔다. 그리고 기대가 커져 갈수록 나의 부담 감도 같이 커졌다. 잃을 게 없었던 때는 정말 마음대로 음악을 할 수 있었지만 이제는 아니었다. 욕심을 내려놓는 게 쉬운 일이 아니었다. 대중성에 신경을 안 쓰려야 안 쓸 수가 없었다. 사람들이 좋아할 만한 노래를 해야 한다는 생각이 나를 지배했다.

1집은 정말 어려웠다. 곡을 쓰고 편곡을 하고 또 다시 새로운 곡을 쓰고 편곡을 하다 보니 나중에는 내가 어떤 음악을 하고 싶었는지 헷갈리기도 했다. 내가 하고 싶은 말들을 곡으로 표현하면 되는데 이런 말을 해도 괜찮을까 하며 자기 검열도 하게 됐다. 다시 돌아봐도 참 힘든 시기였다.

그렇게 장미여관 1집 앨범은 2013년에 《산전수전공중전》이라는 이름을 달고 세상에 나왔다. 하지만 〈봉숙이〉만큼 대중적으로 성공하진 못했다. 발매 전부터 나조차 마음에 들지 않았던 앨범은 사람들의 마음도 울리지 못했다. 초심을 잃지 않는 것은 중요하고도 어려운 일이다. 환경이 바뀌었는데 마음가짐은 처음과 똑같이 가진다는 게 어떻게 쉬운 일이겠는가. 그런데 몇 번 넘어져 보니까 이제는 환경은 그대로인데 생각이 바뀌기 시작한다.

요즘은 음악을 만들 때 10년 전 첫 미니 앨범을 만들 때의 나를 생각한다. 다른 생각 안 하고 그냥 하고 싶은 음악을 만들었던 그때를 떠올리며 음악을 만든다. 깊이 생각할 필요도 없다. 내가 전하고 싶은 메시지가 무엇인지 그것만 명확하게 알고 있으면 된다. 이 단순한 사실을 10년이나 걸려서 다시 알게 됐다니 아쉬운 마음이 든다.

새롭게 시작하는 것을 두려워하지 않고 계속하다 보면 좋은 음악을 만들 수 있게 될 거라고 생각한다. 초심을 잃어버린 당신들이여, 걱정하지 말고 다시 도전하자. 포기는 배추를 셀 때나 쓰는 말이니까.

# 불후의 명곡

×
준우

우리가 대중에게 이름을 알린 것은 〈TOP 밴드 2〉가 시작이었지만 남녀노소 가리지 않고 좀 더 많은 사람이 우리를 알게 된 것은 〈불후의 명곡〉의 영향력이라고 생각한다. 그만큼 출연 횟수도 많았고 개인적으로도 애정하는 프로그램이다.

첫 출연은 2013년 4월 심수봉 선생님 특집이었다. 그때는 장미여관으로 출연했는데, 첫 출연이었지만 이미 경연 프로그램을 경험해 봤던 터라 어느 정도의 자신감은 있었다. 출연이 확정되고 우리는 지난 회차들을 돌려 보며 다른 팀들의 무대를 분석하기 시작했다. 편곡은 어떻게 하고 퍼포먼스는 어땠는지 하나하나 평가하면서 전략을 세웠다.

〈올 가을엔 사랑할거야〉로 경연곡이 정해졌다. 시청자들에게 보여 주기 위한 퍼포먼스, 의상 등 중요한 것들이 많았지만 일단은 편곡이 우선이었다. 가장 먼저 편곡이 완성돼야 곡의 분위기가 결정되고 나머지가 순차적으로 진행된다. 그래서 편곡에 대한 고민을 시작했다.

보통 편곡을 할 때는 내가 기본 토대를 만들고 그것을 바탕으로 멤버들과 함께 작업을 한다. 편곡을 하면서 제일 중점적으로 생각한 것은 다이내믹함이었다. 도입부, 중간부, 후반부가 확연히 다르게 진행돼 지루할 틈이 없게끔 하고, 곡의 말미에 가서는 다른 생각을 할 수 없을 정도로 신나고 화끈하게 연주한다는 게 편곡의 방향이었다.

1차 편곡이 끝나면 다 같이 들어 보고 합주를 시작한다. 합주를 시작하게 되면 다들 조금씩은 예민해진다. 서로 음악적으로 추구하는 바가 다르기 때문에 누구는 A 부분이 좋은데 다른 사람은 A 부분이 마음에 안 들 수도 있기 때문이다. 그래서 편곡을 할 때는 서로 의견을 얘기해 가며 최대한 많은 사람이 동의하는 방향으로 진행한다. 다양한 의견들을 얘기하다 보면 누군가 장난으로 말한 것이 생각지도 못한 아이디어가 되어 무대의 퍼포먼스로 완성되기도 한다. 이런 점을 보면 팀이라는 것은 어마어마한 힘을 가지고 있는 것 같다.

어느 정도 편곡이 마무리되면 무대 퍼포먼스를 어떻게 할 것인가에 대해 고민한다. 첫 출연이니 만큼 관객과 시청자들에게 확실한 인상을 심어 주고 싶었다. 도입부부터 시선을 사로잡는 퍼포먼스가 필요했다. 그러다가 '곡 제목이 〈올 가을엔 사랑할거야〉니까 인트로 연주가 나올 때 중완이 형이 트렌치코트를 입고 주머니에서 낙엽을 꺼내 뿌리며 걸어오면 어떨까?' 하는 아이디어가 떠올랐다. 얘기를 들은 중완이 형은 처음에는 좀 난감해하는 눈치였는데 내가 '이런 퍼포먼스를 할 수 있는 건 우리뿐이다. 한번 해 보자!'라고 강하게 설득하자 결국엔 알았다며 승낙했다.

그 뒤로도 중완이 형은 〈불후의 명곡〉에서 내 설득에 못 이겨 수박 장수부터 김삿갓, 송창식 선배님 흉내까지 온갖 코스프레를 다 했다. 지금 이 글을 빌려서 고생 많았던 중완이 형에게 고맙다고 말하고 싶다. (앞으로도 잘 부탁해!)

녹홧날이 되면 몇 가지 리허설을 진행하는데 드라이 리허설과 카메라 리허설을 진행한다. 드라이 리허설은 음향을 맞춰 보는 단계로 전체적인 사운드를 맞추고 개인별 모니터(본인의 소리를 듣는 것)도 확인한다. 그게 끝이 나면 카메라 리허설을 한다. 카메라에 어떻게 나오는지 확인하는 단계인데 의상이나 조명, 무대 동선 등을 맞춰 보는 단계이다.

이렇게 리허설이 다 끝이 나면 관객이 입장을 하고 출연자들은 스튜디오에 모여서 본인의 차례를 기다린다. 진행자인 신동엽 선배님이 출연 순서를 정하는 공을 뽑을 동안 각자 팀 소개도 하고 근황을 묻기도 한다. 인터뷰를 할 때 오늘의 각오를 물어보면 대부분의 출연자들이 우승 욕심은 없고 무대를 즐기러 왔다고 말하는데 믿을 수 없는 말이다.

대기하는 스튜디오에 있는 모니터에 진행자의 얼굴이 나오면 드디어 공을 뽑는 순서가 되었다는 신호다. 솔직히 이때 정말 떨린다. 모두들 '1번만 걸리지 않았으면……' 하는 마음으로 기도를 한다. 1번이 걸리면 우승할 확률이 떨어지기도 하고 첫 무대라는 부담감에 긴장도 많이 되기 때문이다. 이 순간은 우승 욕심 없이 무대를 즐기러 왔다는 팀도 같이 기도를 한다.

그렇게 1번이 발표되면 분위기는 천국과 지옥으로 나뉜다. 1번인 팀은 안타까운 표정으로 한숨을 쉬며 무대를 준비하고 나머지 팀은 우승이라도 한 것 같은 표정으로 여유를 즐긴다. 나 역시도 그렇게 마음이 편할 수가 없다.

〈불후의 명곡〉을 자주 보면 알겠지만 경연 순서가 우승에 큰 영향을 미친다. 가장 나가기 꺼려지는 순서가 1번이고, 제일 나가고 싶은 순서는 마지막일 것이다. 마지막 순서가 우승 확률이 가장 높기 때문이다. 앞서 얘기했듯이 우승 욕심 없이 무대를 즐기러 나왔다고 말은 하지만 우승에 대한 기대를 버릴 수 없는 건 당연한 것 같다.

운명의 시간이 다가오고 우리 팀이 호명되면 마지막 각오를 말하고 무대를 준비하러 간다. 이때부터 내 가슴은 요동치기 시작한다. 심장 박동이 빨라지고 말소리도 잘 안 들리고 가사도 잘 떠오르지 않는다. 왜 그렇게 긴장이 되는지 〈불후의 명곡〉에 그렇게 많이 출연했지만 이 무대는 오를 때마다 긴장된다.

그런데 신기하게도 무대에 올라 인사를 하고 연주가 시작되면 언제 그랬냐는 듯 긴장이 사라진다. 그리고 긴장이 사라진 자리는 주체할 수 없는 흥분으로 채워진다. 아드레날린이 폭발한다는 표현이 딱이다.

마치 롤러코스터를 탄 것 같은 기분으로 연주를 시작한다. 가슴은 뛰는데 머릿속은 차분해진다. 연주나 노래를 할 때 주의할 것은 가사나 다음 순서를 생각하면 안 된다. '다음 가사가 뭐였더라?' 하고 생각하는 순간 가사를 잊어버리기 때문에 그냥 나 자신을 믿고 입에서 나오는 가사를 뱉어 내야 한다.

1절을 부르고 나면 그제야 관객들 반응과 표정이 보인다. 관객들이 우리 노래에 빠져 즐기고 있다는 것이 느껴지면 평소에 하지 않았던 퍼포먼스를 시도할 용기도 생긴다. 기타 솔로 부분에서 나도 모르게 무릎을 꿇고 격정적으로 연주하기도 한다. 그렇게 2절까지 부르고 마지막 후렴 부분에 다다르면 정말 온 힘을 다해서 무대에 임한다. 그래야 관객도 함께 무아지경으로 빠져들 수 있다. 무대가 다 끝나고 엔딩의 순간이 오면 온몸에 전류가 흐르는 것처럼 짜릿한 순간이 온다.

마지막 인사를 하고 무대를 내려오면 후련한 기분과 아쉬움이 교차한다. 잠시 숨을 고르며 무대 옆에서 대기하고 있으면 무대를 정리한 후에 승패를 겨룬다. 무대가 다 정리됐다는 신호가 오면 진행자가 각 팀을 호명하고, 출연자는 무대 위 각자의 위치에 가서 선다. 자리에는 붉은색과 푸른색으로 LED 등이 들어오는데 청중 판정단의 선택에 따라 패배한 팀의 불이 꺼진다.

그렇게 모든 팀의 무대를 마치고 우승자가 결정되면 녹화가 마무리된다. 녹화가 끝나고 가끔은 멤버들과 회식을 하기도 하는데 그때 나누는 음악 이야기들은 참 즐겁고 재미있다. 서로 아쉬웠던 점이나 좋았던 점들을 얘기하면서 술잔을 나누면 몇 주 동안 방송을 준비하면서 힘들었던 것들이 싹 날아간다.

홀가분한 마음으로 집에 가서 잠을 청하면 그날의 모든 스케줄이 끝이 난다. 눈을 감고 오늘 했던 공연을 다시 복기하며 침대에 누워 있으면 세상 후련하고 기분이 좋다. 아, 보람찬 하루였다. 다음에는 꼭 우승해야지.

# 연예인 VS 음악인

× 중완

길을 걷다 보면 얼굴을 알아보는 사람들이 한마디씩 건네 오곤
한다.

"노래 잘 듣고 있어요."
"방송 잘 보고 있어요."

나는 한때 내가 뭐 하는 사람인가 하는 고민에 빠진 적이 있다.
음악인과 연예인 중 내 정체성에 대한 고민이었는데 지금은 둘 다

맞는 말이라고 생각한다.

음악만 하던 시절에는 내가 연예인이 될 거라고는 생각하지도 못했다. 그런데 어느 날 갑자기 걸려 온 한 통의 전화가 나의 인생을 확 바꿔 놓았다. 바로 〈무한도전〉 섭외 전화였다. 거절할 이유가 하나도 없었다. 아니, 엎드려 절을 해도 모자랄 판이었다. 주위 사람들에게 전화를 걸어 〈무한도전〉에 출연한다고 자랑도 했다. 그렇게 즐거운 마음으로 녹화하는 날을 기다렸다.

녹화 당일, TV에서만 보던 연예인들을 눈앞에서 보는 것도 신기했지만 수십 대의 카메라가 세팅된 현장이 더 놀라웠다. 그 앞에서 쉬지 않고 현란한 말솜씨로 녹화를 이끌어가는 〈무한도전〉 멤버들의 모습에 넋을 놓고 시청자 모드에 빠져 있었다.

재석이 형은 한 사람, 한 사람의 말과 행동을 하나도 놓치지 않고 웃음으로 만들어 버리는 마술사 같았다. 특별할 것만 같았던 나머지 멤버들도 신기할 정도로 인간적이었다.

TV에서만 볼 때는 프로그램상의 캐릭터 때문인지 나도 모르게 색안경을 끼고 바라봤던 것 같다. 명수 형은 실제로도 화가 많을 사람일 거야, 준하 형은 실제로도 불만 가득한 사람일 거야 하고. 그런데 어느 한 사람 빠지지 않고 괜찮은 사람들이었다. 이런 사람들이 모여서 만드는 〈무한도전〉이 잘되는 건 당연한 일이었다.

실제로 만나 본 연예인들은 극히 일부를 빼고는 대부분 인간적이다. 평소의 모습은 보통의 직업을 가진 사람들과 별반 다르지 않은데 방송에 나오는 이미지 때문에 예전에 나처럼 색안경을 끼고 바라보는 시선들이 생기는 거라고 생각한다. 방송은 재미를 위해 연출된 상황이고 많은 부분이 편집된다는 점을 실제 녹화 현장에 가서야 실감할 수 있었다.

'무도가요제'의 파급력은 굉장했다. 자연스럽게 얼굴과 이름이 알려졌고 수많은 예능 프로그램에서 섭외가 왔다. 그러자 덜컥 겁이 났다. 혹시 잘못 발을 들였다가 어디로 흘러가는지도 모르고 길을 잃어버릴까 두려웠기 때문이다. 그래서 당시에는 예능 프로그램 섭외 전화가 오면 죄송하다는 말밖에 할 수 없었다. 물론 지금은 조금 후회한다. (ㅎㅎㅎ)

음악인에서 연예인으로 나아가는 길에 〈무한도전〉이 불씨를 붙였다면 〈나 혼자 산다〉는 기름을 부었다. 〈나 혼자 산다〉의 섭외를 거절하자 담당 피디와 담당 작가가 옥탑방으로 직접 찾아왔다.

한 손에는 소주와 오징어, 다른 한 손에는 편의점에서 산 게 확실한 양말을 들고 찾아온 제작진은 꽤 의외의 모습이었다. 제작진과의 만남은 어렵고 불편할 것이라고 생각했던 내게 고향 사람처럼 구수한 피디님과 옆집 동생 같은 작가는 너무나도 친근했다.

그렇게 옥탑방에서 소주 한 잔으로 시작한 제작진과의 술자리는 망원동 술집으로 자리를 옮겨 가며 밤새 이어졌다. 인간적인 모습의 제작진에 마음이 빼앗긴 나는 그 자리에서 회사에 전화를 걸어 〈나 혼자 산다〉에 출연하고 싶다는 말을 전했다.

그렇게 쉽지 않았던 방송 출연에 대한 고민이 소주 한 잔에 해결된다는 것이 참 신기했다. 지금 와서 생각해 보면 집까지 찾아와 설득해 준 〈나 혼자 산다〉 제작진에게 진심으로 감사한 마음이다. 아마 음악만 했더라면 아내와 결혼은커녕 지금도 그 옥탑방에서 〈나 혼자 산다〉를 찍고 있지 않았을까.


이젠 10년을 넘게 음악과 방송을 함께 하고 있는 사람이 됐다. 지난날을 돌아보니 참 많이 웃었고 참 많이 울었던 것 같다. 모든 걸 내려놓고 홀로 떠나고 싶었던 적도 있었다. 유명해진다는 게 꼭 좋은 것만은 아니라는 것도 알아 버렸다. 10년이 어떻게 지나갔는지, 몇 번의 계절이 바뀌었는지 모를 정도로 바쁘게 지내 오면서 확실히 배운 것이 한 가지는 있다. 바로 사람 공부다.

이 기간 동안 난 어떤 공부보다 사람에 대해 많은 공부를 했던 것 같다. 분명 연예인이 되면 음악만 할 때는 느끼지 못했던 행복한 순간이 생기기도 한다. 하지만 사랑했던 사람들이 나에 대한 시기와 질투로 멀어져 가는 것을 바로 옆에서 지켜봐야 했고, 나에 대해 잘 알지 못하는 사람들의 질타와 가벼운 위로에 익숙해져야 했다.

같은 일을 겪어 보지 못한 이들의 가벼운 위로는 잠시의 술안주일 뿐 진심으로 위로가 되지 않았다. 그리고 그 많은 것들을 혼자 감당해야 한다는 것은 참 힘든 일이었다.

요즘은 많은 것을 내려놓고 산다. 열정도 많고 씩씩했던 그때를 난 '치열했다'고 표현하고 싶다. 별로 특별하지 않은 내가 특별한 사람들 속에서 어떻게든 살아남고 싶어 하루하루를 치열하게 살았다.

하지만 그때의 내 모습을 떠올리면 사람들 사이에서 이리저리 치이고 있는 피곤한 형체가 하나 그려진다. 지금은 사랑하는 가족이 무엇보다 소중하다는 것을 깨달았고, 그 이후부터는 연예인이라는 직업에 대해 그렇게 특별하게 생각하지 않게 되었다.

음악인은 직업이고 연예인도 그냥 직업일 뿐이더라. 그 이상 그 이하도 아니다.

# 그 옆에 노란 머리

× 준우

세상엔 빛과 그림자가 공존하듯이, 어떤 회사든 모임이든 주목을 받는 사람이 있으면 그 그늘에 가려진 사람도 있기 마련이다. 이건 비단 사람만 그런 게 아니고 같은 업종에 있는 회사 중에서도 대기업이 있고 중소기업이 있듯이, 사람이 살아가는 곳이라면 피할 수 없는 일인 것 같다.

물론 밴드를 하면서도 그런 일은 있다. 중완이 형과 밴드를 결성하고 주목을 받기 시작하면서 인기라는 것을 처음 느껴 보았다. 대중에게 관심을 받는다는 것은 지금까지 내가 걸어온 가시밭길에 대한 달콤한 보상과 같았고 무엇보다 중독성이 강했다. 그 인기에 취해 점점 더 그것이 당연하게 느껴졌다. 하지만 대중은 정확하고 또 정확했다.

처음엔 누가 어떤 사람인지 잘 몰라서 공평하게 나누어 주던 사람들의 관심이 점점 한쪽으로 몰리기 시작했다. 매력이 있는 사람에게 관심이 가는 것은 당연한 일인데 당시에 나는 이것이 불공평하다고 생각했다. 똑같이 고생했는데 한 사람에게만 스포트라이트가 몰리는 것에 대해 불만이 생겼다. 나의 부족함은 생각하지 못하고 사람들이 나를 몰라본다고만 생각했다.

이렇게 삐딱한 마음으로 활동을 하자니 매일이 힘들었다. 노력은 하지 않으면서 부러워만 할 뿐이었다. 이런 감정은 나를 꼬이게 만들었고 '누구 하나라도 먼저 알려져서 팀을 이끄는 게 중요하다', '나 혼자 잘되자고 그러는 것이 아니다', '나는 팀이 중요하다', '나는 내가 유명해지는 것에 관심이 없다'고 하는 말도 고깝게 들렸다. 물론 혼자 여기저기 불려 다니느라 고생하는 것을 알았지만 나도 일만 주면 잘할 수 있다는 생각이 먼저 들었다.

중완이 형의 얼굴이 알려지면서 덩달아 팀의 인지도가 올라가기 시작했고 그러다 보니 나에게도 단독으로 방송에 나갈 수 있는 몇 번의 기회가 찾아왔다. 첫 방송에서 사람들에게 나의 존재를 확실하게 각인시키겠다는 생각을 가지고 들뜨고 긴장된 마음으로 녹화를 했다. 하지만 현실은 참으로 냉정했다.

잘해야 된다는 마음만 앞선 상태에서 나간 방송은 생각처럼 잘 되지 않았고 나는 대중의 주목을 받지 못했다. 중완이 형의 이름값으로 같이 나간 방송도 망치기 일쑤였고 내가 너무 긴장하고 오버를 하는 바람에 통편집을 당한 적도 있었다. 나 하나 때문에 방송이 날아가고 다른 연기자와 스태프들에게까지 피해가 가는 것을 보고 나니, 죄책감이 드는 것은 물론이고 나도 잘할 수 있다는 자신감이 싹 사라졌다. 나는 방송을 잘할 수 있는 사람이 아니었던 것이다.

이런 일련의 사건들로 나는 점점 정신을 차리기 시작했다. 그리고 현재의 나 자신을 좀 더 객관적으로 바라볼 수 있게 되었다. 나는 예능 방송은 못하지만 내가 잘할 수 있는 일이 따로 있다는 것, 모든 것을 잘하면 좋겠지만 그것보다 각자의 자리에서 할 수 있는 일을 열심히 하는 것이 더 중요하다는 것, 중완이 형이 방송에 나가서 우리 팀을 알리기 위해 고생할 때 부러워만 하지 말고 더 편하게 우리를 위해 일할 수 있도록 도움을 주는 것, 즉 열심히 음악을 만드는 것이 나의 역할이라는 것을 깨닫게 되었다.

누가 역할을 정해 준 것은 아니지만 같은 방향을 보고 같이 멀리 가기 위해서 자연스럽게 제자리를 찾은 것 같았다. 그렇게 생각하고 나니까 모든 것이 명확하게 보이기 시작했고 고깝던 중완이 형의 말과 행동들이 이해가 되기 시작했다. 이 사람은 다 진심이 었는데, 나 혼자 꼬여서 잘못 보고 있었구나 하고.

부러움과 질투는 한 끗 차이지만 이 두 단어의 간극은 매우 명확하다. 부러움은 상대의 성공에 박수를 쳐 주지만 질투는 스스로를 갉아먹는다. 부러움은 내 한계를 깨려고 노력하게 만들지만 질투는 본인의 부족함이나 한계를 상대의 탓으로 돌려 버린다.

그러므로 진정으로 나를 아낀다면 질투하지 말고 부러워해야 한다. 부러움을 원동력 삼아 더 앞으로 나아가야 한다. 질투에 눈이 멀어 아무것도 하지 않으면 우리는 앞으로 나아갈 수 없다. 과거의 내가 부러워하는 게 아니라 질투를 했다면 지금의 나에게 이런 글을 쓸 수 있는 기회는 찾아오지 않았을 테니까.

요즘은 사람들이 나를 부를 때 '육중완 옆에 그 노란 머리'라고 하기도 하고 '그 부엉이 닮은 사람'이라고 부르기도 한다. 이제는 나를 어떻게 부르든, 내가 방송에 나갈 수 있든 없든, 어느 자리에서 주목을 받든 아니든 아무런 상관이 없다. 그냥 이렇게 음악을 하고 앨범을 내고 공연을 할 수 있는 것만으로도 하루하루가 감사할 뿐이다.

지금 생각해 보면 그때의 그 치기 어린 생각과 감정들은 이불킥을 백만 번쯤 해도 모자란 지우고 싶은 흑역사지만, 그래도 그런 시기가 있어 지금까지 올 수 있었던 것은 아닐까 생각한다.

　손발이 오그라들까 봐 한 번도 입 밖으로 꺼내지 못했지만, 글로나마 중완이 형에게 하고 싶은 말이 있다.


"그때는 내가 너무 바보 같았어. 형의 진심을 몰라줘서 미안해. 그리고 지금까지 흔들리지 않고 잘 이끌어 줘서 고마워. 미안하고 고맙습니다."

# 그때는 그냥 추억

× 준우

마혼 살이 되어 준우와 또 다시 새로운 항해를 시작했다. 마혼이 되어 보니 뭔가 꿈 많고 혈기 왕성했던 2~30대 때와는 조금 다르게 느껴졌다. 우리는 우리가 가장 순수했던 그 시절로 다시 돌아가 보자는 마음으로 천천히 하지만 꾸준히 노를 저었다.

사람이 참 웃긴 게 행복할 때는 행복한 생각에 둘러싸여 슬픔이 찾아와도 아무렇지 않게 툭 털어낼 수 있지만, 마찬가지로 슬픔에 둘러싸여 있을 때는 어떤 행복이 찾아와도 잘 받아들여지지 않았다.

그때 난 나에게 치유가 필요하다고 생각했다. 세상에서 내가 보고 느끼는 게 모두 아팠기 때문이었다. 그러다 보니 음악은 점점 어둡고 진지한 이야기들로만 가득했다. 가사 한 줄에 눈물 한 방울이 따라 흘렀고 내가 살 수 있는 유일한 길은 이곳을 떠나는 것밖에 없다고 생각하던 시기였다.

그때 작업을 하면서 나에게 가장 위로가 됐던 노래가 〈그때는 그냥 추억〉이다. 꼭 '중완아 인생이 참 지랄맞지?', '많이 지쳤니?'라고 위로해 주는 것 같았다.

아무리 생각해도 나 그때가 그립구나
돌아갈 수 없다는 걸 나 커서야 알게 됐다
시간이 지나면서 나는 알게 됐네
세상이 세상이 참 내 뜻대로 되지 않는다는 걸
나이가 들어 가면서 난 알게 됐네
그때가 나에게는 얼마나 소중했다는 것을
그때는 그냥 추억이다
그때는 그냥 추억이다
그때는 그냥 추억이다
그때는 그냥 묻어 두자

– 〈그때는 그냥 추억〉 중에서

새롭게 출발하기 위해서는 무엇보다 새로운 팀 이름을 정해야 하는 것이 가장 큰 숙제였다. 여러 가지 단순한 것들이 나왔는데 장미여관 같은 완벽한 이름을 찾기란 쉽지 않았다. 주위에 오다가다 만나는 사람들은 튤립여관, 백합여관 같은 장난스런 이름을 던지며 나에게 고통만 줬다.

아무리 생각해도 만족스러운 팀 이름이 나오지 않았다. 그래도 꼭 찾아내야만 했다. 장미여관이라는 이름이 가진 힘은 정말로 대단했다. 이미 우리의 마음을 지배해 버려 대체할 수 있는 이름이 아무것도 떠오르지 않았다. 주위 사람들을 붙잡고 물어봐도 우리를 확 끌어당기는 이름은 나오지 않았다.

그렇게 고민을 하던 시기에 우연히 한 직원이 그냥 단순히 '육중완밴드'로 하면 어떻겠냐고 제안했다. 어줍잖은 팀 이름보다 그게 좋겠다는 의견들이 나와 우리는 내 이름인 육중완을 팀 이름으로 이용하기로 했다.

그 당시 나와 준우는 마음이 많이 나약해진 상태였다. 그래서 더 이상의 외부의 공격으로 준우를 힘들게 하고 싶지 않았다. 이름과 얼굴이 알려지면 단순히 좋을 거라고 생각할 수도 있지만, 감수해야 할 것들이 너무나 많아진다.

그때 난 이미 대중에게 얼굴도 이름도 다 알려진 상황이었기에 한 번 더 같은 걸 감수할 수 있을 거라 생각했다. 준우가 몰라도 되는 세상을 굳이 알려 주고 싶지 않았다. 왜냐하면 나에게 준우는 소중한 동생이었기 때문이다.

잘 알기에 한 번 더 감수할 수 있을 줄 알았던 나도 사람인지라 지치고 힘들 땐 얄팍한 생각이 머리를 들곤 한다. 빨리 준우가 유명해져 강준우밴드로 이름을 바꿔야겠다는 생각. (ㅎㅎㅎ) 그렇게 준우와 난 최종적으로 육중완밴드로 이름을 정하고 활동을 시작했다.

육중완밴드의 미니 앨범의 결과는 처참했다. 예전 같지 않을 거라고는 생각했지만 현실은 잔인할 만큼 냉정했다. 극심한 스트레스로 역류성 식도염이 올라왔다.

솔직히 앨범이 망하고 나니 마음이 너무 아팠다. 누구한테 말도 못 하고 혼자 방구석에 처박혀 속상한 마음을 달래며 술을 마셨다. 예상했던 것처럼 해체에 대한 악플이 달렸고 장미여관이 아닌 육중완밴드로 올라오는 기사를 읽을 때마다 혼자 끙끙 앓으면서 불면의 밤을 보냈다.

그러면서 다시 한번 인간미 철철 흘러넘치는 생각을 했다. 준우를 어떻게든 나보다 더 유명하게 만들어야겠다고. 빨리 강준우밴드로 새롭게 재편해서 제발 지금의 이 고통에서 벗어날 수 있게 해 달라고.

누구에게도 표현하지 못한 그때의 나는 세상에서 가장 나약한 존재였다. 누군가 다가와 후 하고 불면 그 자리에서 쓰러져 잠들어 버릴 것만 같았다. 그럴 때마다 준우는 내가 쓰러지지 않게 늘 어깨를 빌려줬다.

새롭게 시작하기란 쉽지 않은 일이다. 나이는 숫자에 불과하다지만 나이가 들수록 조급해지는 건 나만 그런 것인지 세상에 물어보고 싶다. 하지만 내 옆에 준우가 있는 것처럼 든든한 누군가가 언제나 함께해 준다면 그 어떤 상황도 이겨 낼 수 있다는 희망을 가져 본다.

내가 모든 걸 내려놓고 포기하려고 했을 때 다시 나에게 희망을 안겨 준 준우에게 참 고맙다. 음악을 포기하고 싶었던 게 아니라 정말 간절히 음악을 하고 싶어 했다는 걸 알게 해 준 동생아! 어서 빨리 더 유명해져 강준우밴드로 이름을 바꾸는 건 어떻게 생각하니? 아니면 부엉이밴드? (ㅎㅎㅎ)


앞으로 준우와 육중완밴드로 많은 이야기를 음악으로 표현할 것이다. 예전 같지 않은 인기에 또 역류성 식도염이 올라올지라도 우리는 멈추지 않고 희망의 노래를 부를 것이다.

해체를 하고 4년이 넘게 흘렀다. 불안했던 마음은 4년간 준우와 함께하며 조금씩 단단해졌다. 그리고 마흔이 넘은 지금, 2~30대

때 가졌던 거침없고 뜨거웠던 마음처럼 다시 세상이 두렵지 않다.

와라! 세상아!

# 4장

인생은 계속돼야 하니까

# 글을 쓴다는 것

× 준우

지난 겨울 코로나 때문에 나가지도 못하고 집에서 겨울잠만 자고 있던 때, 오랜만에 매니저에게서 연락이 왔다.

[형님, 저 혹시 책 한번 써 보시겠어요?]

"책? 무슨 책?"

[40대가 느끼는 솔직한 감정을 에세이로 써 보면 어떨까 하고 연락이 왔더라고요.]

"써 보고는 싶었지만 가능하겠나?"

[고민 한번 해 보세요.]


처음에 출간 제의를 받았을 때만 해도 출판사 사장님이 미쳤다고 생각했다. 우리 말고도 다른 멋진 사람들이 많은데 우리 같은 별 볼 일 없는 사람들의 생활이 뭐가 궁금하다고 책을 쓰자고 했을까? '아, 혹시 신종 사기인가?' 하는 생각까지 들었으니 말이다. 그렇게 의심 반 호기심 반으로 출판사 편집자와의 첫 미팅을 했고, 일단 사기는 아닌 것 같아 다행이었다.


이렇게 시작된 글쓰기는 겨울을 넘고 봄을 지나 여름이 가까이 올 때까지 한 걸음도 나아가지 못했다. 글을 쓴다는 것은 생각보다도 너무 힘든 일이었다. 잊고 살았던 예전 기억들을 끄집어내서 글을 쓰려고 하니 이게 사실인지 아닌지, 그냥 내가 착각하는 건지 헷갈리기도 했다. 매번 노트북 앞에 앉아 빈 페이지에서 재촉하듯 깜빡거리는 커서만 멍하니 바라볼 뿐이었다.

글을 써야 한다는 압박감은 곡을 써야 한다는 압박감과도 비슷했다. 그래서 글을 쓰려고 책상 앞에 앉으면 내 머릿속에서 '야, 곡을 써야지 뭐 하는 짓이야?' 하는 목소리가 죄책감과 함께 들려왔고, 곡을 쓰려고 책상 앞에 앉으면 '글은 안 쓰냐? 출판사에서 연락 오겠다' 하는 목소리가 들려왔다. 가장 힘든 싸움은 자신과의 싸움이라더니, 나는 매일 나 자신과 싸웠다.

나는 작곡을 할 때 좀 특이한 점이 하나 있는데 감정의 상태가 완전무결해야 가능하다는 것이다. 내 마음속에 일말의 미련, 아쉬움, 미안함, 죄책감, 화, 짜증, 피곤함 등등 어떠한 감정도 없이 그냥 무결한 상태에서 시작해야 집중이 잘되고 작업도 술술 풀린다. 곡을 처음 쓸 때는 이런 버릇이 없었는데, 언제부턴가 생긴 이상한 버릇이었다. 그런데 안타깝게도 이 버릇이 글을 쓰는 데도 똑같이 적용됐다.

매번 무결한 감정 상태를 유지하기 위해 무던히 노력했지만 매번 실패했고, 조금의 동요라도 생기면 몰려오는 죄책감에 글쓰기를 그만두곤 했다. 누가 보면 무슨 등단 작가냐고 하겠지만, 남들이 보았을 때 아무리 하찮은 글쓰기라도 나에게는 중요한 일이었으니 최선을 다해야만 했다. 음악을 만드는 작업을 오랫동안 해와서 더 그런 것 같았다.

글을 쓰는 것은 나에게 로망 같은 것이었다. 아침에 일어나 커피 한 잔을 내리고 해가 잘 드는 자리에 앉아 커피 향을 즐기며 멋진 글을 쓰는 일. 문장 하나하나에 고뇌하고 고민하며 수없이 반복해서 읽어 보고 그러다가 딱 맞는 단어를 찾는 일. 하지만 꿈은 높은데 현실은 시궁창이었다.

아침에 일어나면 커피를 내리기는커녕 '이따가 써야지' 했던 게

'점심 먹고 할까'로 바뀌고 다시 '자기 전에 해야지' 그러다 잠들기 일쑤였다. 매일, 매시, 매분 쫓기는 기분이 들고 지나가다 책방만 봐도 가슴이 조급해졌다. 항상 머릿속에서는 '어떤 소재를 써야 할까?' 고민했지만 손끝에서는 가나다라 하나 나오지 않았다.

그러다 요즘 느낀 것들이 있다. 글을 쓰든, 곡을 쓰든, 운동을 하든, 뭐를 하든 이 모든 것들을 습관처럼 하지 않으면 하기 어렵다는 것이다. 그냥 습관처럼 앉아서 글을 쓰고 곡을 쓰고 그래야 한 곡, 한 줄이라도 더 나오는 것 같다.

실제로 오랜 휴식기를 보내다 다시 작곡을 시작하면 잘되지 않는데 이걸 이겨 내는 내 나름의 방법은 매일매일 곡 작업을 하는 것이다. 첫날은 집중도 안 되고 이상한 멜로디만 나오지만 그게 두 번, 세 번 반복이 되고 1주일, 2주일이 되면 어느덧 작곡에 대한 부담감도 사라지고 좋은 멜로디, 좋은 가사들이 떠오르기 시작한다. 그러다 보면 힘들게 쥐어짜지 않아도 곡이 나오기 시작한다. 글쓰기도 마찬가지라고 생각했지만, 말하기가 쉽지 실행하기는 어려웠다.

책방에 있는 수많은 책, 그 책 한 권을 만들기 위해 얼마만큼의 수고가 들어갔을지 도저히 상상이 안 된다. 책이 나오기까지의 공정도 작곡을 하고 앨범이 나오는 것과 비슷할 것이다. 하지만 지금까지 책을 읽으면서 한 번도 글을 쓰는 것이 힘들었을 거라고 생각하지 않았는데, 직접 해 보니 알 것 같다. 네 마디 멜로디만 던져주고 떠난 뮤즈처럼, 페이지를 다 채우지 못하고 할 말이 떨어져버렸다.

이쯤 되면 분량을 채우기 위한 꼼수가 슬며시 머리를 내민다. '그럼 이만 이 글을 줄인다'가 아니라 '녹음이 짙어지는 2022년 5월 5일 100주년을 맞이한 어린이날 오전, 일어나서 운동을 하고 밥 먹기 전 잠깐 글을 쓰는 오후 2시 8분을 조금 넘은 지금 나는 이만 글을 줄일까 한다'로 글을 마무리하는 것 같은. 그래도 뭐 썩 나쁘지 않은 마무리 같은데…… 아닌가?

# 취미수집가

× 준우

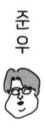

내 취미는 취미 만들기다. 이게 무슨 소리인가 싶겠지만 돌이켜 생각해 보면 새로운 취미를 시작하는 것이 나의 취미인 것 같다. 하나의 취미만 즐기기도 짧은 시간이지만 호기심이 많은 나는 정말 여러 가지의 취미를 가졌었다.

처음 시작한 것은 사진이었다. 누구나 다 한 번은 거쳐 가는 취미인 사진 찍기는 스물다섯, 여섯 정도에 처음 접했던 것 같다. 콤팩트 카메라를 처음 구입해서 산이나 강가로 출사를 다녔다. 카메라를 목에 걸고 어떤 예술 작품을 찍을까 주변을 두리번거리는 것만으로도 나는 이미 프로 사진작가가 된 것만 같았다.

그렇게 이것저것 한참을 찍고 집에 와서 결과물을 보면 정작 쓸수 있는 건 한두 장도 없었던 것 같다. 본인이 찍은 사진이 별로면 초보 사진사들은 백이면 백 장비가 후져서 그렇다고 생각한다. 물론 나도 그랬다. 그래서 카메라를 크롭형 DSLR부터 전문가형 DSLR까지 안 바꿔 본 것이 없다.

그렇게 찍은 결과물도 역시나 별로면 초보 사진사들은 또 백이면 백 렌즈가 후져서 그렇다고 생각한다. 물론 나 역시도 그랬다. 십만 원대부터 몇백만 원하는 렌즈까지 다 섭렵한 후에야 나는 사진에 소질이 없다는 것을 알게 되었다.

그렇게 사진 찍는 취미를 뒤로한 채 그림 그리기에 빠져들었다. 색연필 그림이었는데 매주 한 번씩 동호회처럼 모여서 배우는 형식이었다. 첫날 그림을 배운 후 나는 집에 돌아와서 화가라면 누구나 쓴다는 드로잉 종이와 색감 끝판왕이라는 72색 색연필을 구매했다. 그리고 열심히 그림을 그렸지만 역시나 내 손은 똥손이라는 것만 확인했다.

그렇게 한동안 방황을 하다가 홈베이킹 붐이 불었고, 나 역시 가만히 있을 수 없었다. 당장에 오븐을 구입하고 홈베이킹 동호회 카페에 가입했다. 피도 눈물도 없이 정확하다는 전자저울을 구매하고, 밤새 반죽을 해도 고장 나지 않는다는 반죽용 핸드믹서도 구매했다.

초보 파티시에의 욕심은 여기서 멈추지 않았다. 정확한 계량을 위한 수십 가지 종류의 계량컵과 유명 유튜버가 추천했다는 베이킹 책도 구매했다. 베이킹은 장비발이라고 하지 않았던가. 하지만 그렇게 온갖 장비를 갖춰 놓고 유튜브를 보면서 도전한 첫 쿠키는 대실패였다. 오븐에 들어갈 때는 반죽이 하나하나 동그랗게 떨어져 있었는데, 나올 때는 지들이 파전이라도 되는 양 반죽끼리 일심동체가 되어 나왔다.

파전이 된 쿠키는 맛도 형편없었다. 충격을 받은 나는 그 길로 반죽기를 손에서 놓았다. 홈베이킹에 적격이라던 신상 오븐은 전자레인지 신세가 되어 아직도 즉석밥이나 데우고 있다. 나는 베이킹마저 재능이 없음을 확인한 후 한동안은 새로운 취미를 가지지 않았다.


하루는 아내가 서핑을 하러 가 보지 않겠냐고 제안을 해 왔다. 우리는 그날 밤 당장 양양으로 향했다. 어두운 밤, 빗길을 뚫고 양양 게스트하우스에 도착해서 하룻밤을 지냈다. 그리고 대망의 다음 날 아침 당당하게 서핑보드를 들고 바다로 향했다.

간단한 교육을 받고 들어가 처음으로 서핑보드 위에 올라섰을 때, 내 주변으로 새로운 바람이 부는 것 같았다. 너무 재미있었다.

드디어 최고의 취미를 만났다는 확신이 들었다. 나는 다시 보드를 밀고 바다로 들어가 당당하게 보드 위에서 일어섰다. 그러고는 해변까지 잘 타고 나와 멋지게 착지했는데 그만 마지막에 발목을 접질리고 말았다. 그길로 서핑보드를 끌고 게스트하우스로 돌아와야 했다.

난 서핑보드 위에서 느꼈던 자유를 포기할 수 없었다. 처음 보드 위에 섰을 때 느꼈던 쾌감이 잊히질 않았다. 하지만 계절은 겨울을 향하고 있었고, 그래서 아내와 나는 스노보드를 타 보기로 했다. 강원도 스키장에서 처음 탄 스노보드는 너무 재미있었다. 처음 내려올 때는 강사님이 나를 잡고 함께 내려왔는데 눈 위를 미끄러져 내려가는 기분은 정말 최고였다. 게다가 속도감까지 더해지니 이것이야말로 정말 나를 위한 취미인 것 같았다. 눈 위에서는 넘어져도 잘 다치지 않으니까 더할 나위 없었다.

강사님과 언덕을 내려온 후 다시 리프트를 타고 올라가 혼자서 초급 코스에 도전했다. 슬슬 속도를 올리며 왼쪽으로 커브를 틀었는데 생각보다 쉽게 성공했다. 다시 오른쪽으로도 커브를 틀어 보았다. 확실히 재능이 있는 것 같았다.

그런데 거기까지가 끝이었다. 다시 왼쪽으로 방향을 바꿀 수가 없었다. 나는 속도를 줄이지 못하고 스키장 가장자리까지 미끄러져 내려가다 고꾸라졌다. 눈이 녹아 얼어 있던 얼음 바닥에 그대로 가슴팍을 부딪혔다. 나는 다시 숙소에 드러누운 신세가 되었다. 다음 날 끙끙 앓으며 운전을 해서 서울로 돌아왔다. 그리고 도착하자마자 찾아간 병원에서 의사는 갈비뼈에 금이 갔다는 진단을 내렸다.

그렇게 갈비뼈를 희생한 대가로 운동은 나하고 맞지 않는다는 교훈을 얻었다. 그래서 좀 정적인 취미를 찾던 와중에 반려견 봉식이의 방한복을 손바느질로 한번 만들어 본 것을 계기로 소잉(바느질)이라는 새로운 취미에 발을 들였다.

소잉의 세계는 정말 화려했다. 특히 화려한 패턴이나 무늬가 프린트되어 있는 옷감이 내 눈을 사로잡았다. 나는 이번에는 진짜 인생 취미를 찾았다고 생각했다.

한국에서 제일 유명하다는 바느질 카페에 가입하고 가성비가 좋다는 재봉틀도 공동구매했다. 실을 자동으로 끊어 주는 방식이라 너무 편하고 저소음이라 밤늦게 아파트에서 사용하기에도 문제가 없다는 광고 문구가 마음에 쏙 들었다. 게다가 30가지 모양의 스티치도 가능했다. 바로 이거였다. 내가 찾던 최고의 재봉틀이었다.

재봉틀이 배송되고 나는 떨리는 마음으로 첫 번째 작품을 만들기 시작했다. 바로 봉식이의 옷이었다. 하지만 역시나 바느질도 실력이 열정을 따라오지 못했다. 그렇게 믿었던 바느질인데 그것마

저도 똥손이라니……. 가성비 최고의 재봉틀은 A급 중고로 남아 작은 방 구석에 고이 모셔 두었다.

나는 포기하지 않았다. 평생 즐길 수 있는 취미를 찾기 위해 매일 밤 유튜브를 찾아봤다. 그러다가 정말 나에게 딱 맞을 것 같은 취미를 발견했다. 이번에는 라이딩이었다. 하늘이 내려 준 운명 같았다. 안 그래도 운동도 하고 살도 빼야 하는데 라이딩은 더할 나위 없는 최고의 취미로 보였다. 더군다나 스노보드처럼 위험해 보이지도 않았다.

그렇게 나는 또 (또?!) 한국에서 제일 유명하다는 라이딩 동호회에 가입하고 최고 가성비라는 로드 사이클을 구매했다. 라이딩을 할 때 중요한 케이던스*는 물론, 심박수와 내 위치까지 확인할 수 있는 사이클링 컴퓨터도 구매했다. 마지막으로 전조등과 후미등을 장착한 후 자전거와 색깔을 맞춘 헬멧까지 구입하고, 0.001초의 속도를 줄여 준다는 자전거 웨어도 한 벌로 쫙 빼입었다.

첫 사이클을 시작을 하고 한동안은 정말 열심히 탔다. 혼자서 행주산성에 국수도 먹으러 가고 사이클의 성지라는 팔당도 다녀왔다. 사이클이야말로 나의 인생 취미인 것 같았다. 하지만 어느 날 춘천에서 자전거를 타다가 넘어져 턱에 상처를 입었다. 다음 날

---

* 1분당 페달을 밟는 횟수를 수치로 표시한 것.

이 〈불후의 명곡〉 녹화날이었는데 정말 큰일이었다. 결국 얼굴에 복면을 하고 녹화를 할 수밖에 없었고, 자전거는 그렇게 장식품이 되어 벽에 걸리는 신세가 되었다. 한 번 넘어지니까 다시 타기가 무서웠다. 라이딩 취미는 허망하게도 그렇게 끝나고 말았다.

자전거를 아쉽게 포기하고 난 후, 운동은 나의 길이 아니라는 것을 다시 한번 확인했다. 그래서 평소에 관심 있던 악기인 첼로를 배우기로 했다. 첼로를 몇 개월 배운 뒤, 나는 내가 첼로 신동인 줄 알았다. 첼로를 켜는 것이 너무 즐거웠다. 하지만 기쁨도 잠시, 조금 심화된 과정으로 들어가니 첼로 연습도 스트레스로 다가왔다.

그렇게 첼로를 접고 찾은 것이 트레킹, 바로 걷기였다. 걷기는 안전하고 운동도 되면서 스트레스도 풀리는 정말 최고의 취미가 아닐 수 없었다. 나는 십 리를 걸어도 발이 편하다는 트레킹화와 히말라야나 정글에서도 입을 수 있다는 트레킹복을 구매했다. 그리고 물과 간식을 넣을 수 있는 트레킹 가방과 모자도 구매했다.

그렇게 시작한 걷기는 너무 행복했다. 아름다운 풍경을 보며 조용한 시골길을 걸으니 스트레스가 풀리는 느낌이었다. 좋은 공기를 마시고 그렇게 높지 않은 산을 오르며 체력 관리도 할 수 있는 걷기는 정말 나를 위한 취미임에 틀림이 없었다. 계속 그랬으면 좋았을 텐데……

어느 날 조용한 시골길을 걷던 중 험악하게 생긴 들개를 만났다. 나는 개를 좋아하지만 들개는 무서웠다. 들개는 슬금슬금 나를 따라왔고, 나는 무서운 개를 만났을 때 절대로 뛰면 안 된다는 충고를 상기하며 천천히 도망갔다.

그렇게 개를 따돌리고 산길로 접어들었는데 혼자 걷는 산길이 갑자기 무섭기 시작했다. 들개를 만나 너무 놀랐는지 꼭 수풀 사이에서 무서운 들짐승이 나를 덮칠 것만 같았다. 주변에서 나는 나뭇가지 꺾이는 소리도 예사롭지 않게 들렸다. 그렇게 귀신의 집 뺨치는 트레킹을 끝을 내고 나는 한동안 혼자서 트레킹을 나설 수 없었다.

그럼에도 불구하고 운동은 포기할 수 없었던 나는 또 다른 운동이 뭐가 있을까 유튜브를 뒤지다가 한 운동 영상에 꽂혀 버렸다. 이것만 배우면 내 몸은 물론이고 가족도 지키고 체력 증진과 다이어트까지 한 번에 할 수 있는 최고의 취미 같았다. 그것은 바로 복싱이었다. 다음 날 바로 복싱장에 등록했다. 한 달 등록은 비쌌지만 세 달을 한꺼번에 등록하면 좀 저렴했다. 나는 한 달 만에 그만둘 사람이 아니기 때문에 세 달을 등록했다.

스치면 다운이 된다는 글러브를 구매하고 (이쯤 되니 지겹지만……) 마이크 타이슨의 핵주먹에 맞아도 견딜 수 있다는 헤드기어도 구매했다. 당장에 스파링은 안 하겠지만 앞으로 스파링도 하게 될 것이기 때문에 풀 세트가 필요할 것 같았다.

복싱을 시작하고 일주일 되던 날, 줄넘기를 하다가 무릎이 나갔다. 오른쪽 무릎에 거위발건염이라는 진단을 받았는데 쉽게 나을 기미가 보이지 않았다. 하지만 여기서 복싱을 그만두거나 포기할 수 없었다. 이제야 인생 취미를 만났는데 이렇게 쉽게 그만둘 수는 없었다.

그래서 잠시 복싱을 쉬고 정형외과에서 2주 동안 체외충격파 치료를 받았다. 치료비가 비쌌지만 그만큼 효과가 좋다고 하니까 믿고 치료를 받았다. 그런데 정말로 무릎에 통증이 점점 사라지기 시작했다. 나는 거의 3주 만에 복싱장에 다시 나갈 수 있었고 인조인간 무릎처럼 튼튼한 무릎이 된다는 무릎 보호대를 구매해서 착용하고 줄넘기를 했다. 지금은 무릎이 안정적으로 돌아왔고 운동도 계속하고 있다.

아마도 한동안은 복싱을 계속할 것 같다. 40대에 복싱을 하며 느낀 건 관절이 아직 쓸 만할 때 몸을 움직이는 운동을 많이 해야 한다는 것이다. 우리는 이제 시간이 별로 없다. 다음에 해 봐야지 하고 미루고 나면 그때는 몸이 따라 주지 않아 즐길 수 없을지도 모른다. 지금 당장 내가 하고 싶은 것을 하러 이 문을 박차고 나가야 한다. 망설이지 말자. 젊어서 놀아야 한다.

# 언젠가 다시 번개가 치기를

×

중완

산신령이 꿈속에 찾아와 '넌 뭘 갖고 싶니?'라고 묻는다면 난 일말의 고민도 없이 말할 것이다.

"산신령님, 전 자유를 얻고 싶어요!"

나는 즐기는 취미가 많은 편이 아니다. 그렇다고 평소에 뭘 갖고 싶어 하거나 하고 싶어 하지도 않는다.

어릴 적부터 집안이 풍족한 편이 아니었고, 함께 어울리던 주변 사람들도 가난한 사람들이 대부분이라 자연스럽게 그렇게 길들여져 살아왔다. 그러다 보니 친구들과 모이는 자리가 있어도 취미보다는 일이나 미래에 대한 걱정이 주된 이야깃거리로 올랐다.

꽤 오랜 시간이 지나고 각자의 위치에서 어느 정도 자리를 잡은 요즘, 우리는 그때를 회상하며 아쉬움만 남은 청춘에 대한 이야기를 나눈다. 왜 그렇게 앞만 보고 달렸을까, 별로 변하지도 않았을 인생일 텐데. 우리는 왜 나만의 취미 하나 갖지 못했을까 하며 말이다.

그리고 무엇보다도 우리끼리 해외여행 한 번 못 간 것이 가장 아쉬웠다. 그러면서 매번 더 늙기 전에 시간 한번 맞춰 보자는 거짓말을 하며 헤어진다. 그렇게 길들여져 살아온 우리는 우리에게 선물을 주는 방법을 모르고 살아간다.


그날은 별다를 것 없어 보였던 것이 나에게 몰랐던 자유를 가져다준 특별한 날이었다. 결혼 전 혼자 살 때 나의 지출 목록 중에서 무시할 수 없었던 부분은 바로 교통비였다.

늦은 저녁 택시라도 탈 일이 생기면 마음이 찢어지는 고통이 다른 게 아니라 이거구나 하는 생각이 들었다. 뒷자리에 앉아 창밖의 야경을 즐길 여유 따위는 없었다. 시선은 미터기에 붙박이가 되어 떨어질 줄 몰랐고, 빠르게 올라가는 미터기를 바라보는 것만으로도 가슴이 미어지는 고통이 뭔지 알 수 있었다.

교통비만 조금 아껴도 이 각박한 서울 하늘 아래에서 조금 더 오래 버틸 수 있을 것 같았던 그때, 내 형편을 잘 아는 친구가 툭 던진 "이거 사."라는 말 한마디에 난 운명 같은 그것을 만나게 되었다. 바로 오토바이였다.

주유소에서 5천 원어치 기름을 넣으면 일주일은 탈 수 있다는 마법 같은 신세계의 문명! 더 이상 미터기를 바라보며 고통스러워하지 않아도 되고 연비가 좋아 기름값 걱정 없이 24시간 어디든 자유롭게 돌아다닐 수 있는 오토바이!!!

무려 한 달 교통비를 2만 원으로 해결할 수 있게 해 주는 사랑스럽고 매력적인 아이였다. 망설일 이유가 없었다. 바로 오토바이를 구매하러 매장을 찾았지만 곧바로 뒤돌아 나올 수밖에 없었다. 신세계의 문명은 생각보다 가격이 후덜덜했다. 당장 내가 가지고 있는 돈은 150만 원뿐이었고 이 돈으로는 새 오토바이를 살 수가 없었다.

이대로 포기할 수는 없었다. 난 무슨 일이 있어도 미터기의 고통에서 벗어나야 했기에 중고 오토바이라는 차선책을 택했다. 중고 거래는 제품의 과거사를 알 수 없다는 불안감만 빼면 가격 면에서 아주 매력적이었다. 결국 제품의 과거사는 운에 맡기기로 하고 전 재산의 절반인 75만 원에 오토바이를 구매했다.

귀엽고 깜찍한 파란색 50cc 오토바이. 〈무한도전〉 출연 당시 홍철이를 뒤에 태우고 등장했던 바로 그 오토바이, 번개다. 너무 소중해서 이름까지 붙여 주고 출발할 때면 늘 "자, 번개야~ 가자~!!" 하고 외쳤다.

무려 7년간 잔고장 없이 나의 두 발이 되어 준 고마운 번개. 번개를 타고 바람을 가르면 나도 모르게 웃음이 절로 났다. 그때 나에게 행복이란 건 다른 게 없었다. 바로 번개와 함께라면 어디든 자유롭게 갈 수 있다는 것이 그때 나의 행복이었다.

나이가 많이 들어서인지 번개는 수리할 수조차 없을 정도로 낡아 버렸다. 달리기는커녕 더 이상 걸을 수도 없게 되었다. 아파트 주차장에서 몇 년간 먼지만 쌓여 가고 있는 번개를 보면 고맙기도 하고 안타깝기도 하다. 그래도 누군가 내게 가장 좋아하는 취미가 뭐냐고 묻는다면 내 최고의 취미는 번개와 함께했던 라이딩이라고 말할 것이다. 그 시간은 내가 꿈꾸던 진정한 자유였다.

결혼을 하고 한 가정의 가장이 된 지금, 오토바이는 절대 타면 안 되는 위험한 존재가 되어 버렸다. 하지만 스트레스가 쌓여 폭발할 지경이 되면 어김없이 자유를 갈망했고, 오토바이를 타고 싶다는 마음으로 연결이 되었다.

어느 날 아내에게 "나 오토바이 타고 싶어."라고 말했더니 돌아오는 대답이 "집에서 나가."였다. 계속 조르고 졸라도 아내에게서 돌아오는 답은 똑같았다. 계속 거절을 당하고 있자니 욱하는 마음이 올라왔다. 그래서 큰 결심을 했다. 아내 몰래 오토바이를 사기로.

또 한 번의 자유를 꿈꾸며 설레는 마음으로 첫 라이딩을 하는데 번개를 타고 느꼈던 해방감은 느껴지지 않고 왠지 모를 불안이 따라왔다. 자유를 함께 만끽하는 친구가 아니라 그냥 오토바이, 그저 이동 수단으로만 느껴질 뿐이었다.

한동안 그렇게 아내 몰래 타고 다니다 들켜서 결국 다시 팔긴 했지만 오토바이에 대한 아쉬움과 미련이 전혀 남지 않았다. 나의 자유보다 더 우선시해야 할 것이 생겨 버린 지금, 오토바이는 나에게 어울리지 않는 물건이 되었다.

사랑하는 가족을 위해 당분간 자유는 포기. 누군가를 위해 자신만의 자유를 뒤로한 모든 이들에게 파이팅을 외치고 싶다.

# 뜻밖의 자본주의

× 중완

　대학교 2학년, 부모님께 큰 뜻이 있다며 당당하게 독립을 외치고 고향집을 뛰쳐나왔다. 그렇게 서울로 올라오면서 지긋지긋한 월세 생활이 시작되었다. 20대 초반부터 약 17년을 이리저리 떠돌아다니며 살았으니 길기도 길었다.

　음악만 하면서 지냈기 때문에 고정 수입은 당연히 없었다. 미래에 대한 걱정은 사치였고 당장 오늘내일을 살아가기 바빴다. 자본주의 시대에 필수라는 주식이나 부동산 투자 같은 건 나와는 상관없는 일이었다. 그 흔한 주택 청약 적금도 없었으니까.

나에게 통장은 딱 하나였다. 얼마나 심플한 삶인가. 은행에 가서 통장 정리만 한 번 하면 거래 내역을 한눈에 볼 수 있었다. 그래서 난 늘 통장 하나에 모든 돈을 다 넣어 놨다.

얼굴과 음악이 알려지고 본격적으로 돈을 벌게 되면서부터 누군가에게 밥과 술은 얻어먹지 않아도 됐다. 좋아하는 건 치킨과 소주뿐이었으니 돈은 어디로 새지 않고 차곡차곡 모였다. 통장에 쌓인 돈은 꿈도 꾸지 못했던 결혼도 생각할 수 있게 만들었다.

여자 친구였던 지금의 아내에게 망원동에 있는 빌라에서 전세부터 시작하자고 제안을 했다. 가지고 있는 돈으로 전세 보증금 정도는 충분히 될 것 같았다. 집주인이 눈치를 주지 않아도 왠지 모르게 눈치를 보며 사는 월세 생활이 서러웠고, 계약이 끝나는 2년마다 리어카를 끌고 이사를 가야 하는 귀찮은 처지에서 하루라도 빨리 탈출하고 싶었다.

그런데…… 내가 몰랐던 중요한 사실이 하나 있었다. 바로 전세도 계약 기간이 2년이라는 것이었다. 떠돌이 생활에서 벗어나고 싶다는 생각이 한번 들고 나자 걷잡을 수 없다. 그래서 무리를 하더라도 내 집을 갖기로 마음먹었다.

남의 돈이라면 10원짜리 하나 빌리는 것도 무서워했던 내가 어디서 그런 용기가 났는지 생애 처음으로 대출을 받게 되었다. 당시 망원동 옥탑방이 보증금 천만 원에 월세가 40만 원이었고 관리비와 공과금 등을 합치면 월에 7~80만 원이 고정으로 들어갔다.

어차피 매달 이렇게 집에 돈이 들어간다면 이사를 가지 않아도 되는 내 집을 갖게 된 거니 꽤 괜찮은 선택이라 생각했다. 17년 넘게 월세도 내고 살았는데 대출금 상환이야 어떻게든 되지 않겠나 싶었다.

2015년 12월, 드디어 내 집을 샀다. 매입가는 5억이 조금 넘었다. 11월만 해도 5억에 살 수 있었는데 그새 오른 가격이 조금 아쉬웠다. 그렇게 1년쯤 살던 어느 날, 우연히 집 앞 부동산을 지나가다 유리창에 붙어 있는 매물 가격을 보았다. 그때 시세가 6억 5천만 원쯤 됐는데 그때 난 조만간 떨어지겠거니 하며 대수롭지 않게 생각했다.

그런데 집값은 그 이후로도 말도 안 되게 계속 올라갔다. 열심히 일해서 차곡차곡 돈을 모으는 속도보다 집값 오르는 속도가 비교할 수 없이 빠르다는 걸 실감할 때쯤, 자본주의에 눈을 뜨고 말았다.

눈치 보기 싫고 떠돌이 생활이 하기 싫어 구입한 집이었는데 난 이제 그 비싼 서울 아파트를 가지고 있는 사람이 되었다. 뉴스와 인터넷에서 집값 얘기가 나올 때마다 아내는 그때 집을 사길 잘했다고 말한다. 음악만 알던 아내도 본의 아니게 자본주의에 눈을 뜨게 된 것이다.

난 아직 그 집에 살고 있지만 자본주의의 맛을 알아 버린 지금 새로운 목표가 생겼다. 아이를 돌보느라 많이 갑갑해하는 아내는 평소 '예쁜 카페를 하고 싶다'는 말을 자주한다. 그 소원을 들어주기 위해 내 다음 목표는 상가가 딸린 주택으로 이사 가는 것이다.

1층에는 아내를 위한 예쁜 카페, 2층은 음악 작업실 그리고 3층에는 가족들의 포근한 생활공간이 있는 꿈의 집. 이것이 나의 다음 자본주의 목표다. 음…… 결국 답은 로또인가…….

# 뇌 안에 혹이 있습니다

× 준우

나는 불안 장애가 있다. 그중에 건강염려증이 제일 심하다. 그게 어떤 건지 간단하게 말하면 이렇다. 가슴이 아프면 폐암인 것 같고, 머리가 아프면 뇌종양인 것 같고, 오른쪽 옆구리 아프면 간암인 것 같고…… 여하튼 몸에 어떤 부분이든 조금만 아프면 내가 곧 죽을병에 걸린 것만 같아 불안에 떠는 그런 증상이다.

시작은 20대쯤이었다. 두통이 잦아서 병원을 찾아 갔는데 병원에서 지어 주는 약을 먹어도 증세가 호전되지 않았다. 이런 저런 검사를 다 해 봐도 두통은 잦아들지 않았고 선생님은 약을 바꿔 보자고 하셨다. 그렇게 바뀐 약을 먹으니 두통이 싹 사라졌다.

나는 내가 먹은 약이 무슨 약인지 너무 궁금했고, 인터넷에 그 약 이름으로 검색을 했더니 '신경안정제'였다. 그렇게 내 불안 장애는 시작되었고 그때까지만 해도 나는 그냥 내가 좀 예민한가? 정도로만 생각을 했다.

그런데 날이 갈수록 증상은 심해지기 시작했고 매일매일이 힘들었다. 소화가 좀 안 돼서 소화가 안 되는 이유를 검색하다 보면 어느덧 위암 초기증상을 검색하고 있고 그러다 보면 나의 머리속에서 나는 위암 환자가 되어 있었다.

그렇게 밤새 덜덜 떨며 위암 관련 검색을 하다 아침이 되면 내과를 찾아가 위내시경을 해 달라고 했다. 의사 선생님은 혹시 무슨 증상이 있어서 그런 거냐고 물었고 나는 위암이 걱정돼서 그렇다, 소화도 잘 안 되고 속이 쓰리다, 위내시경을 하고 싶다고 요구했다. 선생님은 걱정하지 말라고 하시며 검사를 해 주었고 당연히 아무런 이상이 없다고 나왔다.

검사를 하고 나면 마음이 안정되고 불안이 가신다. 그런데 그것도 그 순간뿐이다. 며칠 후 우연히 인터넷 서핑을 하다가 위내시경에서 아무것도 발견하지 못했는데 위암이 걸린 사례를 보고, 난 또 다시 불안에 빠졌고 그길로 저번에 같던 병원에 달려가 선생님께 위내시경을 한 번 더 해 보고 싶다고 했다. 선생님은 이유를 물으셨다.

"혹시 한 번 더 검사를 하고 싶은 이유가 있나요?"

"종양을 못 찾은 건 아닐까 해서요. 그래서 한 번 더 하고 싶어요. 그리고 속도 계속 쓰려요."

"환자분 나이와 여러 가지를 봤을 때 위암이 있을 확률은 낮아요. 걱정 안 해도 괜찮을 것 같은데요. 속이 쓰린 이유는 역류성식도염 때문이에요."

"제발 검사해 주시면 안 될까요? 선생님이 안 해 주시면 저 다른 병원 갈 거예요."


선생님은 당황한 얼굴을 하셨고 어쩔 수 없이 검사를 해 주셨다. 역시 결과는 아무런 이상이 없다고 나왔고 나는 그제야 정신이 들어 죄송하다며 연신 인사를 하고 병원을 나왔다. 이렇게 내 증상은 나날이 심해져 갔고 급기야 내 몸에 어떤 특별한 이상은 없는지 반점은 없는지 내 팔과 얼굴을 세세히 살펴보기까지 했다.

그렇게 힘들면 신경정신과 약을 먹으면서 치료를 하면 되지 않냐고 생각할 수도 있겠지만, 이때까지만 해도 그저 나는 내가 좀 이상하다고만 생각했지 내가 정신적으로 문제가 있다고는 생각하지 못했다. 그러니 병원에 갈 생각도 못 했다.

그러던 어느 날이었다. 아침에 일어났는데 너무 어지러웠다. 꼭 멀미를 하는 것처럼 어지러웠는데 눈을 뜨자마자 이렇게 어지러웠던 적은 처음이었다. 이번에는 정말 큰 문제가 있는 것 같아서 나는 당장에 병원으로 달려갔다. 집 근처 종합병원 신경외과를 찾았고 거기서 선생님께 증상을 설명하니까 MRI를 찍어 보자고 하셨다.

검사를 하고 결과를 기다리며 복도에 앉아 있었다. 내 이름이 호명되고 진찰실로 들어갔는데 선생님께서 결과지를 보고 계셨다. 환자 의자에 앉아서 선생님을 바라보니 곧이어 이렇게 말씀하셨다.


"놀라지 말고 들으세요."


놀라지 말고 들으라는 선생님의 말을 듣자마자 나는 깜짝 놀라고 말았다. '드디어 올 것이 왔구나' 하는 생각과 '이제 죽는구나' 하는 생각이 머릿속을 꽉 채웠다. 심장 박동이 빨라지고 귀도 잘 안 들리고 눈앞이 하얘졌다. 극심한 불안이 나를 휘감고 있었다.


"뇌 가장 깊은 곳에 혹이 있습니다."


하늘이 무너지는 느낌이었다. 다리에 힘이 풀리고 등줄기가 오싹했다. 전기가 통한 것도 아닌데 온몸에 찌릿하게 전류가 흘렀다. 흔들리는 정신을 부여잡고 침착한 척 선생님께 물었다.


"수술이 가능한 건가요?"

"가능은 하지만 혹의 위치가 좋지 않아 위험할 수 있습니다."

"그럼 어떻게 해야 하나요?"

"MRI상으로는 물혹으로 보이니까 3개월 후에 다시 촬영을 해서 커지는지 지켜봐야 합니다. 만약 크기가 커진다면 다른 방법을 생각해 봐야 하고 크기가 커지지 않는다면 괜찮을 것 같습니다. 너무 걱정하지 마시고 3개월 후에 다시 검사해 봅시다."


송과체낭종이라는 병이었다. 태어날 때부터 머릿속에 물혹이 있는 아기들이 있는데 보통 크면서 다 사라지지만 나처럼 물혹이 남아 있는 경우도 있다고 한다. 더 커지지만 않는다면 그냥 살아도 별문제가 없다고 하셨다. 나는 결과지와 검사 CD를 받아 들고 병원을 나왔다. 눈물도 나지 않았다.

가족들에게 상황에 대해 얘기를 하고 뇌를 잘 보는 전문 병원을 찾기 시작했다. 부산에서 소문난 병원은 예약이 꽉 차서 3개월 후에나 진료가 가능했다. 내 생애 가장 힘든 3개월이었다. 그때 엄마와 같이 부산에서 호프집을 운영할 때였는데 서빙을 하다가 화장

실 가서 울고, 노래하다 울고, 운전하다 울고, 매일매일 죽음의 공
포에 시달렸다.

3개월이라는 시간이 흘러갈수록 나는 점점 내가 죽을 거라고
확신했다. 3개월이 흐르고 다시 검사를 했다. 결과를 기다리는데
마음이 조마조마했다. 벼랑 끝에 서 있는 사람처럼 너무 불안했
다. 내 이름이 호명되고 진찰실 안으로 들어갔다. 결과는 크기가
커지지 않으니까 걱정 말고 1년 후에 다시 보자고 하셨다.

"아직 올 때가 아니니 돌아가!"

호통을 치는 저승사자가 보이는 것 같았다. 의사 선생님은 나에
게 새로운 삶을 줬다. 연신 감사하다고 인사를 드리고 진찰실을
나왔다.

그 뒤로 신경정신과 약을 먹게 된 것은 서른 즈음이었다. 나는
서울에 올라와서도 몸이 아픈 것에 대한 불안을 내려놓지 못했다.
계속 병원을 전전하며 검사를 하는 것에 지쳐 버린 나머지, 큰맘
을 먹고 신경정신과를 찾아가 보았다. 기본적인 상담과 검사를 하
고 난 후에도 내게 정확하게 어떤 문제가 있는지 잘 알 수 없었다.
그저 몇 가지 약을 주면서 매일 약을 먹으라고 했고 상태가 심할
때 먹을 수 있는 약도 지어 주었다. 병명은 몰랐지만 지어 주는 약

을 먹었고 신기하게도 나의 불안은 싹 사라졌다.

그렇게 약을 서너 달 먹으면 나는 멀쩡한 사람이 되었고, 멀쩡해지니까 정신과 약은 그만 먹는 게 좋겠다는 생각이 들었다. 왠지 길게 먹으면 좋지 않을 것 같았다. 하지만 약을 끊고 몇 달을 지내면 어김없이 불안이 다시 나를 찾아왔다. 그렇게 약을 먹고 끊기를 반복하며 10년의 세월을 보냈다.

처음 증상이 시작된 스무 살 무렵부터 20년 동안 나는 다행스럽게도 죽을병에 걸리지 않았고 내 몸은 건강했다. 불안에 떨며 병원을 전전한 시간들이 너무 아깝게 느껴졌다. 그래서 나는 마음의 병을 고쳐 보기로 마음을 먹고 여러 병원을 찾아다니기 시작했다. 심리 상담도 받아 보고 병원을 이곳저곳 소개받아 가 보기도 했다. 그런데 약을 먹을 때만 잠깐 좋아지고 근본적인 치료는 되지 않았다.

이 병 자체가 심리적인 요인이 많이 작용하는 병이라 그런지 의사 선생님과의 궁합도 중요하게 느껴졌다. 나에게 잘 맞는 병원과 선생님을 찾기가 힘들었다. 그러다가 지금 다니는 병원을 우연히 가게 되었는데, 이 병원을 다니면서 처음으로 나의 불안 장애가 내 유년 시절과 관련이 있다는 사실을 알게 되었다.

사실 나는 내 유년 시절과 지금의 나를 분리하며 살고 있다고 믿었다. 그때의 나와 지금의 나는 다르다고, 지금의 나는 나름대로 잘 살고 있다고 생각했다. 나의 불안과 유년기의 불우한 환경은 전혀 관계가 없을 거라고 단정지으며 살았다. 하지만 지속적인 상담으로 나의 불안과 유년기의 상관 관계를 이해하기 시작했고 그걸 이해하니까 증상이 조금씩 나아지기 시작했다. 불안할 때 대처하는 방법도 알게 되었다.

평생 이렇게 살 줄 알았는데 치료가 가능할 거라는 생각이 드니까 난생 처음 희망도 생기기 시작했다. 스스로 단단해질 때까지 더 열심히 노력해서 꼭 평범한 사람이 되어야겠다. 나는 평범해질 수 있다.

# 훅 들어온 태클

×
중
완

서른여섯, 아직 청춘인 줄만 알았는데 몸에 이상 신호가 찾아왔다. 고향 친구가 늘 나에게 입버릇처럼 했던 말이 "넌 튼튼하게 태어난 걸 부모님께 감사해야 돼."였던 것처럼, 난 언제나 튼튼한 아이였다.

며칠 밤을 새도 끄떡없었고 과음을 해도 다음 날이면 벌떡 일어났는데⋯⋯. 이제는 하룻밤만 새도 다음 날 정신을 차리지 못하는 신세가 된 것이다. 머릿속은 아직 청춘이라고 외치는데 관리를 안 한 내 몸은 하나씩 고장 나기 시작했다.

〈무한도전〉출연 이후 3년을 거의 쉬는 날 없이 달렸다. 집에 있는 시간보다 밖에 있는 시간이 훨씬 많다 보니 잠도 차에서, 밥도 차에서 해결할 때가 많았다. 어느 날 스케줄을 하는 도중에 등에 찌르르 하는 통증이 느껴지면서 잘 움직여지지 않았다. 담이 왔나 싶어 대수롭지 않게 생각하고 넘어가려고 했는데 거울에 비친 내 모습을 보고 '어디 문제가 있긴 있구나' 하는 생각이 들었다. 정면을 보고 똑바로 차려 자세를 했는데도 양쪽 어깨 높이가 다르고 척추가 S자로 휘어져 보였다.

하지만 병원보다 스케줄이 급했다. '내 인생에 어떻게 찾아온 기회인데'라는 생각에 그때의 난 누가 뭐라고 해도 멈출 수가 없었다. 그렇게 통증을 참아 가며 스케줄을 감행했고, 그 대가로 한참을 누워서 지냈다. 보름쯤 지나서야 통증이 줄어들었고 이제 좀 살 만해지나 싶을 때쯤 몸에서 또 다른 이상 신호가 찾아 왔다.

지방 스케줄이 끝나고 서울로 돌아오는 차 안에서 갑자기 찾아온 아랫배 통증에 난 처음으로 하늘이 노래지는 경험을 했다. 신음 소리를 참을 수 없을 만큼 고통스러운 와중에도 내일 있는 스케줄에 지장이 갈까 걱정부터 앞섰다.

곧장 응급실로 향했고 이것저것 검사 끝에 게실염이라는 결과가 나왔다. 의사 선생님은 대장벽 일부가 비정상적으로 탈출된 주머니(게실)가 생겼고 여기에 염증이 생기면서 통증이 나타난 거라고 설명해 주셨다. 당장 수술해야 할 정도는 아니지만 피곤하거나 스트레스를 많이 받으면 악화될 수 있으니 한동안 잘 쉬라는 말씀과 함께 이제는 과로하거나 스트레스를 받으면 몸으로 나타날 나이라는 팩폭을 잊지 않으셨다.

몸에 무리가 갈 수 있겠다는 생각을 하기는 했지만, 실제로 이렇게 몸이 망가졌다는 이야기를 듣는 건 꽤 충격이었다. 하지만 그것보다 더 슬픈 일은 내가 쉬는 것을 참지 못하는 사람이 되어 버렸다는 것이었다. 1년 내내 쉴 틈 없이 스케줄을 잡고 그걸 해내야만 하는 사람. 나에게 어느 누구 하나 좀 쉬라고 말하지 못했던 그때는 나와 내 주변 사람들 모두 어렵게 찾아온 기회를 놓칠 수 없다는 같은 마음이었을 것이다.

아랫배를 움켜쥐고 난 또 무대와 방송을 오가며 쉼 없이 달렸다. 여러 번 신호를 보내도 무시당하자 화가 난 몸은 이번에는 더 강한 펀치를 날렸다.

알람 소리에 깨어난 새벽, 눈을 뜨려 해 봐도 눈이 떠지지 않았다. 뭔가 이상해 눈을 만져 보니 양쪽 눈이 누군가에게 얻어맞은 것처럼 부어 있었다. 옆에 자고 있던 아내가 깰세라 조심조심 일어나 물이 들어찬 것처럼 물컹해진 눈을 부여잡고 화장실로 향했다.

세면대에 물을 받아 떠지지 않는 눈을 씻기 시작했다. 몇 번을

씻어 내자 눈이 조금 뜨였다. 고개를 들어 바라본 거울 속에는 두 눈 주위가 흉측하게 부어오른 프랑켄슈타인이 서 있었다.

노란 고름으로 꽉 차 있는 것 같은 부은 눈을 주저 없이 꾹 하고 눌러 짜냈다. 눈에서 피고름이 쏟아져 나왔다. 통증도 통증이었지만 이러다 실명이라도 되는 거 아닌가 하고 겁이 났다. 그리고 그런 걱정보다 아내가 눈치 채면 어쩌나 하는 마음이 앞섰다.

실명의 위기에서도 아내에게는 걱정을 끼치고 싶지 않은 마음도 있었지만 나약해진 남편의 모습을 보여 주기 싫은 경상도 남자의 몹쓸 자존심이 발동한 것도 있었다.

피고름을 다 짜냈는데도 부기가 완전히 빠지지는 않았다. 마치 갓 수술한 사람처럼 선명해진 쌍꺼풀 때문에 인상이 너무 진해지긴 했지만 조금 느끼한 내가 된 것 말고는 나름 괜찮았다. 다행히 아내는 잠결이라 눈치 채지 못했고 난 곧장 집을 나와 스케줄을 하러 갔다.

실명의 위기까지 와서야 종합 검진을 예약했다. 검진을 받는 하루만큼은 큰맘 먹고 나를 위해 쉬어 보기로 했다. 검사 결과가 나오기를 기다리는 며칠 간 혹시 내 몸 어딘가가 크게 잘못됐나 싶어 불안한 마음을 감출 수 없었다. 그렇게 검사 결과를 듣기 위해 의사 선생님과 마주 앉았을 때는 마치 시한부 선고라도 받은 남자 주인공 같았다.

하지만 다행이도 영화 속 남자 주인공이 되지는 않았다. 의사 선생님은 갑상선 수치와 당뇨 수치가 정상보다 많이 높게 나왔다며 조금만 더 늦게 병원에 왔다면 큰일 날 뻔했다고 말씀하셨다.

최근에 극심한 스트레스가 있었냐는 선생님의 물음에 울컥 목 멘 소리가 튀어나왔다. 평소 누군가에게 내가 가진 어두운 감정들에 대해 드러내지 않는 편이었는데 그때는 뭐에 썰린 건지 아님 위로가 필요했던 건지 내 이야기를 끝도 없이 풀어놓았다.

내 이야기를 차분히 듣던 의사 선생님은 세상 어느 누구도 스트레스에서 완전히 벗어날 수 없다는 정답을 내놓으셨다. 그리고 당장 어디로 떠나지 못하는 상황이라면 바로바로 스트레스를 풀 수 있게 사소한 것부터 시작해 보라는 처방을 내렸다.

진료실을 나오기 전, 지금 뭐가 먹고 싶냐는 질문에 나는 신촌에 있는 수제비집의 수제비를 먹고 싶다고 말했다. 의사 선생님은 그럼 그것부터 시작해 보라는 권유로 진료를 마쳤다.

신촌에 있는 수제비집에서 파는 수제비는 나의 소울 푸드다. 서울에 처음 왔을 때, 가격이 저렴해서 한 푼이라도 아끼려고 자주 찾아간 집인데 가격 대비 맛이 아주 좋다. 그래서인지 이 집 수제비를 먹을 때면 그때의 힘들고 외로웠던 나를 돌아보게 된다.

사는 게 바빠서 오래도록 찾지 못했던 수제비집으로 향하는 택시 안에서 오랜만에 즐거운 일이 있는 사람처럼 행복한 웃음이 자연스레 나왔다. 지금은 먹고 싶은 음식이 생각나면 되도록 시간을 내서 찾아가 먹으려고 노력한다. 찾아가는 길의 설렘을 알아 버렸기 때문이다.

마흔을 넘긴 지금은 예전과 생각이 많이 바뀌어 모기만 물려도 아내에게 엄살을 부린다. 내 걱정 좀 하라고, 나 여기 아프다고. 그리고 낮잠이 필수가 됐다. 연식이 있는 자동차가 고속도로를 달릴 때 휴게소에서 잠시 쉬었다 가는 것처럼. 그렇게 조금씩이라도 쉬어 보려 노력한다.

'건강이 최고다. 그래야 뭐든지 할 수 있다'는 엄마의 말을 이제는 들어 보려고 한다. 엄마 말을 잘 들으면 자다가도 떡이 생긴다니까.

# 50대를 위한 적금을 들자

×
준우

젊음은 영원할 수 없다. 마음은 언제나 10대이지만 내 몸은 착실하게 늙어 간다. 이것은 외면한다고 피할 수 있는 것이 아니고 여름이 지나면 가을이 오는 것처럼 아주 자연스러운 현상이다. 나는 이 자연스러운 현상을 얼마 전까지만 해도 남의 일처럼 생각했다. 남들은 나이가 들어도 나는 그대로라고 생각했다.

서른아홉이 되고 마흔이 되었을 때도 '아, 나도 마흔이 되긴 되는구나!'라는 생각만 했지, 내가 나이 들어 가고 있다는 것을 전혀 생각하지 않았다. 아니, '생각하지 않았다'라는 표현보다는 '눈치 채지 못했다는 표현이 더 맞겠다. 그렇게 나는 내가 나이 들어 가고 있음을 눈치 채지 못했고 나이라는 놈은 내 몸을 성인병과 지방으로 가득 채워 가고 있었다.

몇 년 전 어느 날 악보를 보고 연습을 하고 있었는데 악보가 잘 보이지 않았다. 난 주변이 어두워서 그런가 보다 하고 별생각 없이 연습을 마쳤다. 다음 날도 악보가 흐릿하게 잘 보이지 않았다. 이번에는 안경에 스크래치가 많이 나서 잘 안 보인다고 생각했다. 하지만 다음 날, 그 다음 날도 악보가 잘 보이지 않았고 예전보다 시력이 떨어졌을 수도 있겠다는 생각이 들고 나서야 집 근처 안과로 향했다.

여러 가지 검사를 끝내고 선생님과 상담을 하는데 선생님이 지금 쓰고 있는 도수보다 한 단계 낮추는 게 더 잘 보일 거라고 하셨다. 도수를 높일수록 더 잘 보여야 정상인데 왜 낮춰야 잘 보일까 하는 의문이 들었지만 선생님이 건네주신 한 단계 낮은 도수에 맞춘 교정용 안경을 써 보고서야 그 이유를 알 수 있었다.

지금 쓰고 있는 도수보다 한 단계 낮은 도수의 교정용 안경은 선명하진 않지만 글자가 좀 더 크게 확대되어 보여서 전체적으로 선명도는 떨어지지만 글자는 더 크게 잘 보이는 느낌이었다.

뭔가 돋보기를 낀 것 같은 느낌이어서 선생님께 제가 노안이 온

거냐고 물었다. 선생님은 노안은 아닌데 그냥 이렇게 사용하시는 게 더 잘 보일 거라고 말씀하시며 계속 노안은 아니라고 강조해주셨다. 그렇게 노안이 아니라고 강조해 주신 덕분에 나는 더더욱 노안이 온 것만 같은 느낌을 받으며, 선생님이 하사해 주신 도수를 받아 들고 안경점으로 가 새로운 안경을 맞췄다.

새 안경은 확실히 더 잘 보였고 사물도 더 커 보였다. 예전 같은 선명함은 사라졌지만 눈도 편안하고 악보도 잘 보였다. 하지만 새 안경은 더 나아진 시력과 함께 상실감도 같이 주었다. 그리고 사물을 더 크게 보아야 잘 보인다는 사실에 자존심도 상했다. 그때 '내가 나이가 들었나?'라는 생각이 처음 들기 시작했다.


이러한 일이 있은 후, 나는 또 언제 그랬냐는 듯 그렇게 한참을 지냈다. 그 후 계절이 두어 번 바뀌고 내 생에 가장 충격적인 사건이 발생했다. 평소처럼 공연 준비를 하며 거울을 보는데 내 코 안에서 하얀색 코털을 발견한 것이다. 그 털을 보는 순간 도둑질을 하다 걸린 도둑처럼 간이 덜컹했고 번개를 맞은 듯 온몸에 털이 쭈뼛 섰다.

시력이 나빠졌을 때와는 비교도 할 수 없는 충격이었다. 그제야 내가 나이가 들어 가는 게 실감 나기 시작했다. 밤 12시가 넘으면 택시 기사님이 "이제부터 할증 들어갑니다." 하며 버튼을 누르는 것처럼 그 하얀 코털은 "이제부터 나이 들어 가는 거예요."라고 나에게 말을 하는 것 같았다. 나는 그렇게 내 인생의 할증 버튼에 불이 들어온 것을 두 눈으로 확인했다. 나이가 드는 것을 아무리 외면하려 해도 신체의 변화로 다가오는 나이는 도저히 외면할 수가 없다. 검사의 정확한 증거 앞에서는 유능한 변호사의 변호도 말장난일 뿐이었다.

솔직히 이것 말고도 더 많은 변화들이 있었다. 보통 공연하기 전 메이크업 숍에 들러서 메이크업을 받는데 예전에는 눈썹 주변에 잔털만 깎았다면 요즘에는 눈썹의 길이를 가위로 잘라 준다. 나이가 들면 눈썹도 길어진다며, 눈썹이 길면 나이 들어 보인다고 호호 웃으시며 하시는 숍 원장님의 말씀이 가슴에 비수로 꽂혔다.

이렇게 또 검사님은 말도 없이 나타나 내 나이의 증거를 보여 주며 웃는 얼굴로 호통을 쳤다. 그렇게 쓸쓸히 법정을 나서며 할증이 붙은 택시를 잡아탔다. 그 뒤로도 검사님은 말도 없이 모습을 보였는데 이번에는 건강검진을 받을 후였다.

평소 체중이 좀 나가는 터라 지방간은 있었지만 간 수치는 정상이었다. 그래서 의사 선생님의 운동하고 살 빼라는 권고를 그냥 흘려들었다. 그런데 이번에는 달랐다. 아무런 이유 없이 간 수치가 올라가 있었다. 선생님은 20일 동안 약을 먹고 다시 검사를 해 보자고 하셨는데 20일 후에 다시 피검사를 해 보니 수치는 더 올라가 있었다. 그동안 술도 마시지 않고 약도 꼬박꼬박 잘 먹었는데도 수치는 정상으로 돌아오지 않았다. 의사 선생님은 아마도 간에 지방이 예전보다 더 쌓여서 그런 것 같다고 말씀하셨는데 마치 나이가 들어서 그런 거 라는 말로 들렸다.

2주만 약을 더 먹어 보고 검사를 다시 해 보자고 하셨고 그래도 수치가 더 올라간다면 또 다른 검사를 해 보자고 하셨다. 그래서 급하게 2주 동안 운동도 하고 식단 조절도 하고 살도 3킬로 정도를 뺐다. 그리고 운명의 재검사 결과를 듣는 날. 선생님은 아주 밝은 목소리로 지금까지 검사한 결과 중에서 가장 좋은 수치가 나왔다고, 당분간은 검사를 안 해도 될 것 같으니 생활 습관을 좋게 유지하라고 하셨다.

그렇게 나는 전화를 끊고 나도 이제는 운동을 해야 살 수 있는 나이가 되었다는 걸 실감했다. 이제 내 몸은 가만히 앉아 회복되기만을 기다리기에는 무리인 나이가 된 거 같았다. 아무 이유 없이 손가락 마디가 아프고 시력은 나빠졌으며 몸에는 흰 털이 나기 시작했다.

매사 의욕도 없고 새로운 것을 봐도 궁금하지가 않았다. 새로운 방법을 배우면 더 수월하게 일을 할 수 있지만 늘 하던 방법으로만 하고 싶어 하며 새로운 기기의 사용법을 알고 싶어 하지도 않았다. 늘 가던 길로만 가고 싶어 하고 새로운 사람도 만나기 싫었다.

그렇게 나는 그 자리에서 머무르려고만 했다.

이런 생각을 하다 보니 이제 겨우 40대인데 50대가 되면 어떻게 될까 걱정이 됐다. 나는 내 50대를 어떻게 받아들이고 맞이할 것인가. 그냥 이렇게 40대가 된 것처럼 50대도 이렇게 맞이할 것인가? 그런데 나는 지금처럼 50대를 맞이하기는 싫었다. 아무리 생각해도 그건 싫었다. 이제야 세상을 어떻게 살아야 할지 알 것 같은데, 이제 시작인 거 같은데 이렇게 저물어 가며 50대를 맞이하기는 너무나도 싫었다. 적이 쳐들어오는데 앉아서 당할 수만은 없었다. 뭐라도 해야 할 것 같은 생각이 들었다.

이런 저런 생각을 하다 보니 이젠 정말 살기 위해서 운동을 해야겠다는 생각이 들었다. 그래서 정말 뜬금없지만 복싱장으로 갔다. '마흔이 넘어 복싱이라니!'라고 생각하는 사람도 있겠지만 솔직히 나는 아직도 내가 40대라는 것을 받아들일 수 없었다. 누군가에게는 마지막 발악 정도로 보일지라도 말이다.

그렇게 복싱장을 등록했다. 줄넘기를 하고 글러브를 끼고 샌드백을 치는데 기분이 좋았다. 내가 무슨 영화에나 나올 법한 강인한 남성이 된 것처럼 느껴져 매사에 자신감이 생겼다. 실제로 실력이 느는 것도 아니고 그냥 샌드백만 몇 번 쳤을 뿐인데도 그 성취감이 좋았다. 아직까지 이런 운동을 할 수 있다는 것이 감사하게까지 느껴졌다.

하지만 기쁨은 잠시였다. 평소 운동도 하지 않고 하체 근력도 부족한 내가 나의 몸무게를 내 무릎으로 받아내는 일이 쉽지 않았던 것이다. 줄넘기와 복싱 스텝을 연습하다가 무릎에 염증이 생겼다. 복싱장에 처음 온 고등학생들은 3분 3라운드 줄넘기를 그렇게 해도 무릎이 멀쩡한데 나는 그 3분도 채우지 못하고 쩔쩔매다가 내 무게에 내가 못 이겨 무릎을 다친 것이다.

참으로 아쉬웠다. 내가 조금만 운동을 일찍 시작했어도 즐겁게 했을 텐데, 왜 그때는 이런 운동의 즐거움을 모르고 매일 술이나 마시고 게임만 했을까 하며 자책도 되었다. 왜 형님들이 '어렸을 때 운동해라', '건강할 때 운동해라'라고 꼰대 같은 말을 늘어놓았는지도 알 것 같았다.


나는 지금부터라도 느리지만 조금씩 천천히 가기로 했다. 지금이라도 운동의 재미를 알게 되었으니 급하게 가지 않고 이 순간을 즐기며 한 걸음씩 가 보기로 했다. 50대를 어떻게 맞이하는가는 오늘의 내가 어떤 준비를 하는가에 따라서 많이 달라질 테니까. 50대를 위해 저금을 하듯이 내 건강을 차곡차곡 쌓아 두기로 했다. 택시 기사님이 할증 버튼을 눌러도, 검사님이 증거를 내 눈앞에 들이밀어도 다 이겨낼 수 있는 내 50대를 위해서 말이다.

지금 이 책을 보는 30대 동생들아, 형이 진짜 니들 생각해서 말하는 건데 건강할 때 운동해라. 형 나이 되면 관절이 아파서 운동하고 싶어도 하지 못한다. 거짓말 같다고? 형이 다 겪어 보고 하는 얘기야. 내 말 믿고 진짜 내일부터 당장 운동해. 나도 형들이 이런 말 해 줄 때 진짜 이해 못 했는데 이제야 알 것 같다. 나도 너를 진짜 아껴서 해 주는 말이야. 꼭 운동해. 형처럼 후회하지 말고……

# 덜 마른 수건

× 준우

나는 냄새에 민감한 편이다. 통기타에서 나는 초콜릿 향 나무 냄새를 좋아하고, 봄에서 여름으로 넘어갈 때 나는 향기로운 아카시아꽃 냄새도 좋아한다. 한여름 소나기가 내릴 때 땅에 가라앉아 있던 먼지에서 피어오르는 냄새가 좋고, 여러 가지 섬유들의 냄새가 뒤섞인 퀴퀴한 옷장의 냄새도 좋아한다.

그중에 제일 좋아하는 냄새는 잘 마른 빨래 냄새다. 햇볕에 빨래가 바짝 말랐을 때 나는 은은하고도 따뜻한 냄새는 심신의 안정을 가져다준다. 그런데 간혹 모르고 덜 마른 수건을 개서 욕실 수건함에 보관하는 경우가 있다.

덜 마른 수건으로 몸을 닦은 날이면 하루 종일 온몸에서 걸레 냄새가 난다. 약속 시간이 많이 남았을 때야 다시 샤워를 하고 깨끗한 수건으로 닦으면 해결되는 일이지만, 약속 시간이 촉박할 때는 그냥 향수를 뿌려서 냄새를 대충 가리고 나가는 수밖에 없다.

하지만 그 고약한 냄새는 향수로 가린다고 가려지지 않는다. 시간이 지나면 지날수록 향수 냄새와 걸레 냄새가 뒤섞여서 아주 역한 냄새를 풍긴다. 그런 날에는 사람들 근처에 잘 가지 않게 되고 누군가 가까이 다가오면 나의 안 좋은 냄새를 맡을까 봐 노심초사하게 된다.

아침에 일어난 대단치 않은 해프닝일 뿐이지만 이 냄새나는 수건은 나의 하루에 큰 영향을 준다. 그래서 덜 마른 수건을 사용한 날에는 웬만하면 사람들과 접촉을 피하고 되도록 빨리 집으로 들어간다. 그리고 그 사건의 주범인 냄새나는 수건을 열탕지옥에 보내 버린다. 삶음 세탁 코스를 한 바퀴 돌리고 햇볕에 잘 말려 주면 지독했던 죄수는 다시 착한 수건으로 새로 태어난다.

간혹 수없이 빨아도 개과천선하지 않는 수건이 있기도 하다. 이럴 때는 과감하게 연을 끊고 그냥 쓰레기통으로 직행하는 것이 제일 좋은 방법이다. 그래도 변하겠지 하는 마음에 그 수건을 붙잡고 매달려 봐야 상처받는 것은 나다. 사람 성격 절대 안 변하듯 수

건 냄새도 절대 변하지 않는다.

세탁을 끝내고 뿌듯한 마음으로 샤워를 하다가 사람도 이런 덜 마른 수건 같은 사람이 있을 수 있겠구나 하는 생각이 들었다. 아니, 생각이 들었다기보다는 깨달았다. 사람도 사람에게 냄새를 남긴다는 것을.

만나면 하루 종일 찝찝한 기분을 떨칠 수 없는 사람, 무슨 이야기를 하든 부정적인 피드백만 돌아오는 사람, 나를 감정 쓰레기통 쯤으로 생각하는 게 아닌가 의심하게 만드는 친구, 항상 남 뒷담화만 하는 직장 동료 등 세상에는 무수히 많은 덜 마른 수건들이 도처에 깔려 있다.

그런 사람을 만나면 어김없이 내 마음에서 걸레 냄새가 난다. 이런 사람을 모두 모아서 세탁기에 돌려 다시 깨끗한 수건으로 태어나게만 할 수 있다면 더할 나위 없이 좋겠지만 현실은 그렇지 못하다. 혹시나 해서 그 사람을 빨아 쓸 생각에 조언이라도 한다면 네가 뭔데 나를 판단하느냐며 다른 사람에게 내 뒷담화를 하기 십상일 테니, 그냥 조용히 그 냄새가 내 마음에 배지 않게 조심하는 수밖에 없다.

그래도 세상은 아직 살 만한지 걸레 냄새가 나는 수건보다는 잘 마른 깨끗한 수건들이 더 많다. 만나서 인사만 나누어도 마음을 따뜻하게 만들어 주는 사람, 향수를 뿌리지 않아도 몸에서 향이 나는 사람, 행동 하나하나에 품위가 있고 같이 있으면 왠지 나까지도 품위 있는 사람이 된 것만 같은 착각을 일으키게 하는 사람. 가끔가다 이런 사람들을 만나면 너무 행복하다. 그리고 나는 남들에게 어떤 사람일까 하고 생각하게 만든다. 나는 덜 마른 수건처럼 고약한 사람일까? 잘 마른 수건처럼 향기로운 사람일까?

아마 예전의 나는 덜 마른 수건처럼 고약한 사람이었을지도 모르겠다. 그런데 다른 고약한 사람들을 만나면서 그 냄새가 얼마나 고약한지 깨달았고, 그런 사람이 되지 않기 위해 노력했다. 아직 많이 부족하지만 좋은 향기가 나는 사람이 되기 위해서 늘 스스로를 점검하고 있다.

사람은 누구나 다른 사람에게 필요한 존재가 되었으면 하는 욕구가 있다는데, 나는 다른 사람에게 좋은 냄새를 풍기는 잘 마른 수건 같은 존재이고 싶다. 그래서 오늘도 따뜻한 햇볕이 드는 건조대에 몸을 말린다.

# 나도 자연인이고 싶다

×
중
완

나는 어른일까?

어른[어:른]

1. 다 자란 사람. 다 자라서 자기 일에 책임을 질 수 있는 사람.

2. 나이나 지위나 항렬이 높은 윗사람.

3. 결혼을 한 사람.

국어사전에 올라온 어른의 뜻을 보면 나는 당연히 어른이다.

아무리 아직 내 마음은 이팔청춘이라고 우겨 봐도 나이는 차곡차곡 늘어나고 몸은 착실하게 늙고 있다.

어른은 어떤 사람이고 어떻게 해야 어른이 되는지 어디서 배운 적은 없지만 사회생활을 시작하고 또 결혼을 하면서 어렴풋이 깨달은 바가 있다. 그리고 지금은 사람들이 말하는 어른이란 아마도 이런 거구나 하고 내 스스로에게 내린 답이 생겼다.


오빠, 형, 청년, 청춘이란 단어로 불리던 그 시절의 나는 주위에 사람이 많았다. 절대적으로 하고 싶은 것만 하면서 '스트레스가 뭐야?' 할 정도로 마냥 행복한 세상에서 살아왔다. 세상은 정말 아름다웠다. 외로움이란 나약한 사람들에게나 오는 병이라 생각했고 사람들은 내게 모두 친절했다.

그러던 중 주위의 친구들이 하나둘씩 우리들만의 세상 밖으로 뛰쳐나가 직장을 구하고 가정이란 걸 꾸렸다. 가정을 이룬 친구들은 회사, 아내 그리고 아이 핑계를 대며 모임에 오는 횟수가 줄었고 남아 있는 우리들은 그들을 비웃듯 바보라고 놀렸다. 마누라한테 꽉 잡혀 사는 바보.

그런데 지금은 내가 그 꼴이 되었다. 아내는 절대 이길 수 없는 존재인 걸 결혼을 하고서야 알게 되었다. 연애할 때는 거의 반반의 승률이었던 걸로 기억하는데 결혼 후에는 완패다. 남들이 말하길 남편이 잡혀 살아야 가정이 행복하다 하는데 그런 기준이라면 우리 집은 매우 행복해야 한다.

사실 남자들은 대화를 오래 하면 피곤해하는 동물이다. 무엇을 잘못했는지 이해하지 못한 채로 아내의 잔소리를 오래도록 듣다 보면 부부싸움까지 가기 십상이다. 가정의 평화를 위해 먼저 수그리고 화해의 손을 내미는 대인배인데 '잡혀 산다'는 표현을 들으면 대한민국 남편으로서 속이 상한다.

혼자 살 땐 전혀 문제가 안 됐던 행동에 대해 아내에게 잘못됐다는 잔소리를 들으면 잠시 고민에 빠진다. 들이댈까, 참을까…….그리고 매번 나는 대인배니까 하고 참게 된다.

예전에 한번 그런 생각을 해 본 적이 있다. 아내에게 한참 잔소리를 듣고 있는데 문득 어디선가 들은 이야기가 생각났다. 평균 수명이 남자보다 여자가 길다는 말. 아마 잔소리가 한몫하지 않았을까?

어느 날 팔순이 다 되어 가는 아버지께 안부 전화를 걸었다. 이것저것 서로의 안부를 묻다 난 요즘 아내한테 잔소리를 엄청 듣고 산다고 했더니 아버지께서는 씁쓸한 목소리로 "난 오늘 아침에도 니 엄마한테 잔소리를 들었다."라고 하셨다. 난 "아부지, 힘내."라는 말을 남기고 전화를 끊을 수밖에 없었다.

어른, 아저씨, 가장, 아빠라는 단어가 내 귀에 들려올 때쯤부터 나와 내 주위의 사람들은 현실에 맞게 조금씩 변해 갔던 것 같다. 나이가 들면서 짊어져야 할 것들도 하나둘씩 점점 늘어났다. 포기하는 법도 알게 되고 하기 싫은 일도 해야 한다는 걸 깨달으면서 우리들은 하나의 목표를 향해 점점 바쁘게 살아간다.

나에게 어른이란 곧 책임감이었다. 그렇다 보니 만나고 싶은 사람을 만나는 시간보다 만나야 할 사람을 만나는 시간이 더 많아졌다. 그렇게 새로운 곳에서 새로운 누굴 만나 익숙해져야만 했다. 먹고 살려면.

사랑하는 친구들과는 일주일에 한 번, 한 달에 한 번, 1년에 한 번 그렇게 점점 더 멀어져만 갔다. 지치고 힘들 때 소주 한잔하고 싶어 연락 없이 불쑥 찾아갈 수 있는 친구들은 모두 다 사라졌다. 나뿐만 아니라 모두 각자의 자리에서 책임감을 짊어진 어른이 되었다.

제일 가까이에 있는 아내에게 스트레스 받는 일에 대해 말해 보려 노력했지만 가장으로서 나약한 모습을 보이는 것을 스스로가 허락하지 않았다. 미처 숨기지 못한 스트레스를 표정에서 들킬 때도 있었다. 그럴 때 아내가 요즘 많이 힘드냐고 물어 오면 괜찮지 않아도 괜찮다는 말이 자동으로 나왔다.

비슷한 나이의 주변 사람들과 얘길 나눠 보면 40대가 이런 고민

을 하는 시기인 것 같다. 남들이 보기에는 늘 밝고 긍정적인 육중
완이겠지만 사실은 한동안 현실에 치여 속박에서 벗어나지 못하
는 내 처지가 늘 안쓰러웠다. 눈물이 많아졌고 나답지 않게 늘 누
군가를 그리워했다.

생각이 많아져 술 없인 잠이 들 수 없었다. 그래서 아내와 아이
가 잠이 들면 혼술을 했다. 아내는 그렇게 마셔도 건강한 나를 보
며 술 사랑이 대단하다 말하지만, 사실 술이 좋아서가 아니라 가
슴 한구석에 공허한 마음이 사라지지 않아서 술을 마셨다 책임져
야 할 가족이 있다는 것은 행복한 일이기도 하지만 홀로 사막에
서 있는 느낌이 들 때도 있다. 꽃다운 청춘을 잃어 가는 아내도 마
찬가지겠지…….


사소하게 변한 것 중 하나는 바로 TV이다. TV 볼 시간도 거의
없지만 가끔 시간이 남아 TV를 틀면 자연스레 자연이 나오는 화
면에서 채널 돌리기를 멈춘다. 예전에 아버지가 즐겨 보던 다큐멘
터리 채널을 지금 내가 보고 있다.

퇴근하고 집에 돌아온 아버지의 습관과 행동들이 나이가 들면
서 하나둘씩 이해되기 시작했다. 별말씀 없이 식사를 마치고 안
방에 누워 잠들기 전까지 TV를 틀어 대자연을 보고 계시던 아버
지……. 지금 내가 딱 그 모습이다.

힘이 들어도 멈출 수 없는 것을 잘 알았기에 아버지는 가족들을 위해 귀한 청춘을 모두 바치셨다. 고된 일을 마치고 돌아온 집에서만큼은 자신만을 위한 휴식이 절실했을 것이다.

아버지, 어머니도 청춘과 중년의 사이, 갈등이 많았을 그 시기에 자식들 키우며 얼마나 외로우셨을까 하는 안타까운 마음이 든다. 그리고 한편으로 이 거친 바다와 같은 세상에서 가정을 잘 지켜 주셔서 감사하고 또 감사하게 생각한다.

난 요즘 조금 나아졌다. 소소한 즐거움을 알게 되면서 생각이 조금씩 바뀌고 있는 중이다. 난 행복한 사람이고 소중한 사람이며 필요한 사람이었다.

별다를 것 없던 어느 날 퇴근길에 아내와 아이가 좋아할 것 같아 정육점에 들러 양념 소불고기를 샀다. 소불고기가 들어 있는 검은 비닐 봉지를 들고 집으로 들어가는 길에 나도 모르게 행복한 콧노래가 절로 나왔다. 그냥 이유 없이 웃음이 나왔고 지치고 힘들다고 느꼈던 기분이 사라졌다.

아내와 아이가 이 달달하고 쫄깃한 소불고기를 맛있게 먹는 모습을 상상하니 절로 웃음이 나왔다. 오랜만에 웃으며 집에 들어오니 아이가 "아빠~" 하고 현관 앞으로 달려와 나에게 안겼다. 행복했다. 난 아이에게 검은 봉지를 들고 "뭐 사 왔게?" 하며 웃었고 아이는 신이 나 선물인 줄 알고 봉지를 채 갔다. 소불고기를 보고 실망한 아이의 투정에도 그저 웃음이 났다. 선물은 주말에 사 주겠다고 약속하고 아내를 찾아 주방으로 들어갔다.

집 안은 금세 온통 소불고기 냄새로 가득 찼고 아내와 아이는 냄새만으로도 배가 고프다며 들뜬 목소리로 말했다. 가족과 함께하는 평범한 식사 시간. 그리고 열심히 일해 번 돈으로 아내와 아이에게 맛있는 소불고기를 사 줄 수 있는 아빠. 가족이 행복해하는 모습이 지금까지 청춘과 중년의 갈림길에 서서 힘들어했던 나를 위로해 주는 듯했다.

인생에서 사라진 것들과 새롭게 생겨난 것. 그렇게 모두들 나이와 현실에 맞는 고민을 하며 살아가나 보다. 무엇을 위해 달려가는가, 무엇을 위해 살아가는가 같은 고민들은 곧 행복한 삶과 연결되는 것 같다. 그래서 요즘 난 검은 봉지를 자주 들고 집에 들어간다. 내가 사랑하는 사람이 행복해하는 모습을 보며 나도 행복해지는 순간이 바로 나의 청춘인 것 같아서 말이다.


한창 힘들 때 어머니에게 솔직히 고민을 털어놓은 적이 있다. 그랬더니 어머니는 50대가 되면 더 힘들 거라고 말씀하셨다. 나는 '헉' 하고 웃으며 전화를 끊어 버렸다. (가능하다면 외면하고 싶다……)

나의 앞날이 어떻게 펼쳐질지는 모르겠지만 또 다른 수많은 고민을 안고 살아갈 것이다. 하지만 난 한 번 답을 찾아봤으니 또 답을 찾을 수 있을 거라는 확신이 든다. 행복은 아주 가까이, 내 주변에 있다는 사실을.

# 40대 노을 지다

× 준우

하루 중 그림자가 길게 늘어지는 시간이 오면 내 마음도 같이 길게 늘어진다. 이상하게도 나는 이 시간대가 되면 마음이 절로 푸근해진다. 계절마다 그 시간은 달라지지만 해가 지기 시작하는 그때만의 분위기가 분명히 존재한다.

거리는 한없이 조용하다. 귓가에는 내가 발을 내딛을 때 나는 모래와 돌조각이 비벼지는 소리와 저 멀리 아이들의 장난치는 소리가 들린다. 그리고 참새와 까치가 지저귀는 소리와 아는 사람은 알고 있는 햇빛이 내리쬘 때 나는 '쨍' 하는 소리가 들린다.

햇빛은 아직 눈이 부시지만 색깔은 이미 노을이 지기 직전의 황금빛으로 물들어 가는 그런 분위기다. 그리고 모든 그림자가 길게 늘어진다.

반려견을 데리고 산책을 하다 우연히 이 시간대를 만나면 산책이 끝나도 집에 들어가지 않고 적당한 땅바닥을 찾아 앉아 그 따사롭고도 평화로운 시간을 같이 즐긴다. 벤치에 앉아도 좋겠지만 나는 땅바닥이 좋다. 땅바닥에 앉아서 발로 바닥을 슬슬 문지르고 손가락으로 슥슥 그림을 그리면 그렇게 평화로울 수가 없다. 이렇게 평화로운 시간을 봉식이와 별이도 알았으면 하는 마음인데 둘은 아는지 모르는지 그냥 지나가는 개들을 보며 낑낑댈 뿐이다.

풍족하고 따뜻하며 고요하고 평화로운 이 시간……. 하지만 이 소중한 시간은 금방 지나간다. 잠깐 한눈을 팔면 그림자는 더 길어지다 사라져 버리고 해는 곧 지고 만다. 그런데 이렇게 해 지기 전 시간에 대해 이야기하고 있노라니 꼭 내 40대도 이럴까 싶다. 그 어느 때보다 평화롭고 따뜻하며 금빛으로 빛나는, 금방 지나가 버릴지도 모르는 나의 황금 같은 40대를 나는 무슨 마음으로 보내고 있는 걸까?

처음 40대가 되었을 때 내 인생은 끝난 줄 알았다. 이제는 늙다리 아저씨가 되었다는 생각에 한동안 내색은 하지 않았지만 조금

슬펐던 적도 있었다. 더 이상 할 수 있는 게 없다고 느껴지기도 했고 흔히 말하는 성공에 더 이상 다가갈 수 없을 거라는 생각에 힘이 빠지기도 했다.

내가 어렸을 때 생각한 40대는 모든 것을 이루고 성공한 나이일 거라는 생각을 해서인지 몰라도, 40대에 크게 성공한 사람들과 나를 비교하며 나는 실패한 인생이라는 생각을 떨칠 수가 없었다. 그런데 그렇게 몇 년을 보내고 나니 40대가 다시 보이기 시작했다. 물론 인생 선배님들이 보시기에는 이런 내가 귀여워 보일 수도 있겠지만 나는 지금 진지하다.

내가 다시 바라본 40대는 이러했다. 40대는 결단코 늦은 나이가 아니라는 것. 30대에서 40대로 넘어오는 순간 다 끝나 버렸다고 생각했지만 전혀 아니었다. 지금부터가 인생의 본격적인 시작이다. 30대에는 뭐가 뭔지도 모르면서 순식간에 지나가 버렸다면 40대는 그 과정을 즐기고 본질에 충실할 수 있는 나이다.

곡 작업을 할 때도 자극적인 부분만 부각시켜 어떻게든 대중의 눈에 띄려고 하기보단 우리가 말하고자 하는 메시지가 잘 전달되는지, 이 메시지가 대중에게 어떤 의미를 주는지 등 음악의 본질에 좀 더 초점을 두어 작업한다.

40대는 건강의 중요성을 알게 되는 시기다. 부모님이 귀에 딱지 앉도록 건강 관리해라, 인스턴트식품 먹지 마라, 매일매일 얘기해도 한 귀로 듣고 한 귀로 흘렸는데 40대가 되자 내가 뭘 먹어야 할지, 뭘 먹지 말아야 할지, 어떤 운동을 해야 하며 무엇을 끊어야 할지 스스로 고민하고 건강을 관리하게 되었다. 지금이라도 내 스스로 알아서 건강 관리를 하려고 한다니 40대가 된 나에게 고마울 뿐이다.

또 40대는 저축의 중요성을 알게 되는 시기이기도 하다. 솔직히 나는 결혼 전만 해도 남들 다 하는 재테크니 투자니 하는 것들을 하나도 하지 않았다. 어렸을 때부터 어른들이 하는 '주식하지 마라', '투자하지 마라', '남에 돈 빌리지 마라' 같은 얘기들만 듣고 살아서 그런지 이상하게도 투자에는 전혀 관심이 가지 않았고, 자연스레 경제나 금융 관련 사고가 전혀 발달되지 않았다.

그래서 돈을 벌어도 저축은 하지 않고 헤프게 살았다. 아마 나는 영원히 돈을 벌 수 있을 거라 생각했던 것 같다. 그런데 40대가 되어 보니 현실은 그게 아니란 것이 조금씩 느껴진다. 경제활동은 영원하지 않고 이렇게 살다간 거지꼴을 면치 못할 것 같다는 생각이 들었다. 그래서 지금은 씀씀이도 줄이고 경제적인 개념을 가지고 살려고 노력하는 중이다.

그리고 40대가 되면서 얻은 커다란 가르침 하나. 다른 사람을 이해할 필요가 없을 때도 있다는 것을 깨닫게 되었다. 30대까지만 해도 주위 사람들의 말도 안 되는 행동을 도저히 이해할 수가 없었다. 그때는 도대체 저 사람이 왜 저런 행동을 하는지 이해가 되지 않아서 힘들었는데 이제는 그냥 저 사람도 무슨 이유가 있겠지 싶다. 그렇게 생각하니 사람들이 무슨 행동을 하더라도 그냥 그러려니 한다. 나이가 들면서 이해심이 깊어진 건지 아니면 귀찮아진 건지 모르겠지만 스트레스 받지 않고 사는 데 도움이 되는 것만은 확실하다.

이 40대가 저물면 어두운 50대가 기다리고 있는 것일까? 아니면 보름달 환하게 뜬 은빛 고요한 밤이 기다리고 있을까? 궁금하고 기대된다. 내일은 오늘보다 더 행복하길 기대하며 저물어 가는 노을을 맘껏 즐겨 보련다.